超《スーパー》伝奇小説
書下ろし
マン・サーチャー・シリーズ⑮

菊地《きくち》秀行《ひでゆき》

魔界《まかい》都市《とし》ブルース

愁歌《しゅうか》の章

NON NOVEL

祥伝社

CONTENTS

カバー&本文イラスト／末弥　純
装幀／かとう みつひこ

二十世紀末九月十三日金曜日、午前三時ちょうど——。マグニチュード八・五を超《こ》す直下型の巨大地震が新宿区を襲った。死者の数、四万五〇〇〇。街は瓦礫《がれき》と化し、新宿は壊滅《かいめつ》。そして、区の外縁には幅二〇〇メートル、深さ五十数キロに達する奇怪な〈亀裂〉が生じた。新宿区以外には微震さえ感じさせなかったこの地震は、後に〈魔震《デビル・クエイク》〉と名付けられる。

以後、〈亀裂〉によって〈区外〉と隔絶《かくぜつ》された〈新宿〉は急速な復興を遂《と》げるが、その街を産み出したものが〈魔震〉ならば、産み落とされた〈新宿〉はかつての新宿であるはずがなかった。早稲田《わせだ》、西新宿、四谷《よつや》、その三カ所だけに設《もう》けられたゲートからしか出入りが許されぬ悪鬼妖物がひしめく魔境——人は、それを〈魔界都市〝新宿〟〉と呼ぶ。

そして、この街は、哀しみを背負って訪れる者たちと、彼らを捜《さが》し求める人々との物語を紡《つむ》ぎつづけていく。あらゆるものを切断する不可視の糸を手に、魔性《ましよう》の闇を行く美しき人捜し屋《マン・サーチャー》——秋《あき》せつらを語り手に。

土《ど》偶《ぐう》愁《しゅう》話《わ》

1

せつらは〈大久保駅《おおくぼ》〉前の地下にいた。

きっかり四人の客たちの前で、どう見ても手づくりの粗末《そまつ》な衣裳《いしょう》に身を包んだ娘が、歌い踊っている。

舞台にだけ当てられる照明が、安物のビーズやアクセサリーを、それなりにまばゆくきらめかせていた。

「いいなあ」

右側に立つひとりが、喘《あえ》ぐように洩《も》らしたのを、秋《あき》せつらは茫洋《ぼうよう》たる表情を崩《くず》さずに聞いた。椅子《いす》席はない。

他の二人の反応もなかったが、右側のひとりと同感らしいのは、ＢＧＭのリズムに合わせて足を踏んでいるのと、表情でわかる。涎《よだれ》でも流しそうな表情で。

それなり程度の歌《ボーカル》と踊り《ダンス》が終わると、せつらは暗い〝劇場〟を出た。

三人の客たちは、よかったな、さすがはユミちゃんだと褒《ほ》め合っている。顔馴染《なじ》みらしかった。

〝劇場〟の外のホールには、すり切れたソファが二脚置かれて、売店も出ている。今夜の出演者――ユミのブロマイドやＣＤを売っているのだ。すべて自《じ》撮自唱《どりじしょう》であった。

一〇分ほどで、Ｔシャツとジーンズに着替えたユミが現われた。肩にかけたショルダーバッグから、新しいブロマイドやＣＤ、手づくりアクセサリーを取り出して、売店のショーケースの上に並べる。

「よかったら買ってくださーい。最新作でーす」

高くて甘い声にも媚《こび》はない。四人の客に媚びても売上は上がらないと割り切っているのだ。一律一〇〇〇円のアイドル・グッズが売れてもたかが知れている。

客たちもそれには眼もくれず、近づいて来るや、

Tシャツを盛り上げる胸やヒップに触《さわ》りはじめた。

「タッチは値上げしました。一回三〇〇〇円」

ユミが可愛《かわい》らしく身をくねらせると、男たちはさっと退《ひ》いた。

「何だよお、三倍もお？」

「ちょっとエゲツなくね？」

「帰るぜ、おれ」

三人は背を見せて、階段の方へ向かった。

「さよなら、また来てねー」

ユミは哀《かな》しそうな声をかけ、足音が階段を昇っていくのを確かめてから、

「べーっだ」

と舌を出した。

「いい歳《とし》こいて、よく来るわよね」

男たちは全員、四〇近い中年であった。

それから、せつらへ眼をやって――陶然《とうぜん》と見つめた。

「暗いのでわからなかったけど……なんて綺麗《きれい》な男性《ひと》……やだ……見ないで」

「高宮由美子《たかみやゆみこ》さん？」

と黒コートの若者は訊《き》いた。

「え？」

たちまち警戒態勢に入るところだが、身じろぎひとつできなかった。生命《いのち》より美しいものが眼の前にあった。

「〈区外〉でご両親が待っている。僕は秋せつら――人捜し屋《マン・サーチャー》」

「秋……せつ……ら……名前まで綺麗ね」

やっとこれだけ言えた。

「もう……いいわ……あなたに……捕まる……なら」

「どーも」

せつらは階段の方を向いた。

激しい足音が落ちて来た。

ダン、と床を叩《たた》くや、長身の娘の姿になって、ホールに飛び込み、四方を見廻《みまわ》すと、せつらにすがり

ついた。

「助けて」

そこへ、奥のドアから、マスターが顔を出した。アイドルたちからの場所代——施設使用料を計算でもしていたのか、大きな電卓を摑《つか》んでいる。地下アイドルに出演料はない。ステージを時間幾《いく》らで借り切って、コンサートを開くのだ。

「何だい？」

とせつらの方を見て、これまた恍惚《こうこつ》と化す。

別の足音が機関銃の発射音のように入り乱れた。駆け込んで来た男三人——どれも暴力団とひと目でわかる風体《ふうてい》と顔を備《そな》えていた。

「いたぞ！」

とひとりが娘を指さし、そこで固まってしまう。美貌《びぼう》の魔力は、なお健在なのだ。

「そ、その女を渡せ」

凄《すご》む声もふらついている。

「助けてください」

女——正確には二十歳《はたち》前後の娘は、せつらの背後に廻った。

「来やがれ」

男たちのひとりが必死に気を奮《ふる》いたてて、せつらに近づき、その肩に手をかけて押しのけようとして、ぎゃっ!? と悲鳴を上げた。

手首は世にも美しい切り口を見せて、切断されていたのである。噴出《ふんしゅつ》する鮮血を、残る二人は呆然《ぼうぜん》と見つめていたが、それで我に返ったか、上衣《うわぎ》の下から拳銃を引き抜いた。チンピラらしく、ひとりは回転式拳銃《リボルバー》の輪胴《シリンダー》を、自動拳銃《オートマチック》の本体に嵌《は》め込んで、遊底《スライド》を兼ねた本体が前後するたびに輪胴が回転して射撃可能になるという、およそ非合理的な奇形銃を、もうひとりは銃本体から内側の部品まで高分子粘着剤を吹きつけた厚紙で出来ている通称〝ペーパーガン〟を握っている。どちらも〈歌舞伎町《かぶきちょう》〉へ行けば、千円単位で入手可能な品だ。当然、いつ作動不能になるか暴発するかも知れず、即席の路上強盗が小遣《こづか》い稼《かせ》ぎによく使う。

そのどちらも、ちゃんと火を噴《ふ》いたのはいいが、弾丸は天井に命中して、コンクリの破片が降り注《そそ》いだ。二人の腕は突如《とつじょ》、見えない糸に吊《つ》られて、肘《ひじ》から真上を向いてしまったのだ。

せつらがチラ見した先には、断《た》たれた手首を腕にくっつけて立ちすくむチンピラがいた。〈新宿〉のやくざだ。すぐ医者に行けば、元に戻ると知悉《ちしつ》しているから逃げようともしない。

肘から上を天井に向けたままの二人は、骨まで食い入る痛みに血の気を失っていたが、たちまち美しい相手の正体に気づいた。悲鳴を上げて階段へと走り出そうとするのへ、

「掃除代」

二人はぴたりと足を止め、ぎこちない動きでふり返るや、ズボンの尻ポケットから財布を引っ張り出して、ショーケースに近づき、その上に置いた。虚《うつ》ろな表情は痛みのせいである。

財布を手放しても解放されることはなく、ロボットみたいな動きで階段を昇って行った。不可視の操《あやつ》り糸から自由を取り戻すのは、この〝劇場〟が入っているビルを離れてからだろう。手首を失ったチンピラも後に続く。

「行っちゃった」

せつらの背中で声がした。

逃亡して来た娘は左の胸を押さえ、荒い息をつきながら、

「ありがとうございました」

と言った。

「礼はいらない」

とせつらは返した。この娘の危急を救ったという意識などないのだろう。いきなり肩を押したやくざの手を、お返しに切断した。それだけのことだ。

「地下ならわからないと思ったのに、あいつら」

「足りる？」

せつらの問いの相手は、ショーケースの向こう

で、やくざの財布の中身を点検中のマスターであった。

「充分だ」

彼はうなずいた。

「チンピラの割には持ってやがる。何か仕事をしやがったな――？」

マスターの眼はせつらの繊指《せんし》が指さす方を向いた。奥のドアである。表面には「スタッフ・オンリー」のプレートが貼ってある。

「倉庫に使ってるけど、非常口への通路だよ――おっと、血を踏まねえようにな」

マスターの声に気味悪そうにうなずく娘のかたわらで、せつらが、

「しまった」

とつぶやいた。マスターに、

「あのプレート」

と言った。スタッフ・オンリーと来れば、十中《じっちゅう》八九《はっく》オフィスか何かだ。非常口へ通じるドアとは思わなかったのである。地下アイドルの「ユミ」には、妖糸《ようし》を巻いていなかった。何処《どこ》にもいない。すぐに内部を探《さぐ》ったが裳抜《もぬ》けの殻《から》だ。

「スタッフ・オンリー」

言われて、マスターは何のこったと眉《まゆ》をひそめ、

「読んで字のごとし」

と返した。


しかし、しくじったなどとは到底《とうてい》想像もつかぬ、のんびりした美貌と雰囲気で地上に出たせつらを、足音が追いかけて来た。

逃げて来た娘だ。

素早く前へ回ると、せつらの顔を見ないようにしながら、

「ありがとうございました。私――森泉《もりいずみ》尚子《しょうこ》と申します」

せつらは黙《だま》って〈靖国《やすくに》通り〉の方へ歩き出した。礼はいらないと断わってあった。娘は諦《あきら》めなかっ

た。運動神経のよさを感じさせる足取りでせつらの前へ廻るや、

「あなたのこと――聞いてます。この街に、すっごく綺麗な探偵――というか人捜《さが》し屋さんがいると。私も捜してほしい人がいるんです」

「依頼？」

「はい」

娘の息が荒い。凄《すさ》まじい戦闘シーンを見てしまったこともあるが、やはり、美しさのせいだ。

せつらは名刺を取り出し、

「ここへ連絡を」

と言った。娘は受け取ったが、同時に激しくかぶりをふった。

「一刻を争うんです。でないと、死人が。――みな殺されてしまいます」

ふた月ほど前に、コンビニを経営する尚子の恋人が、奇怪な強盗に襲われて死んだ。首をねじ切られるという凄惨《せいさん》なシーンは、すべて店内の防犯カメラに収められ、〈警察〉は、

「ゾンビ、乃至《ないし》は〝眠り男《ツエザーレ》〟の犯行」

と断定した。

どちらも、呪術《じゅじゅつ》によって操られる意志なき存在だが、昔ながらのハイチ風の呪法《じゅほう》やその変形が死体に生命を吹き込むゾンビとは異《こと》なり、体内に侵入した誘導寄生虫によって活動する〝眠り男〟は、生身の人間が多い。人体は潜在意識の軛《くびき》から解き放たれれば、一〇倍近い筋力を発揮できるため、どちらの手にかかっても、人間はあっという間に引き千切《ちぎ》られてしまうのだ。

「私はわかりませんでしたが、妹の千里《ちさと》は神秘学《オカルト》に詳《くわ》しくて、これはゾンビだと断定したのです。理由は額《ひたい》の部分に、ハイチの一部で使用される呪術の復活印がつけられていたからです」

「〈警察〉は気がつかなかった？」

「ひどく小さなものですし、通常は使用されない特

殊な印だと」

「妹さんは研究家?」

「いえ——でも、そうなってしまったのです」

「引きこもり?」

尚子は、はっとせつらを見た。そして、改めて頬《ほお》を染め、よろめいた。

「——どうして、わかるんです?」

と訊いたのは、数秒経過してからだ。

「実例が多い」

「今は高校二年ですが、中三のときに学校で虐《いじ》めに遭《あ》ったらしくて、それ以来——」

尚子は去年家を出て、〈大京町《だいきょうちょう》〉のマンションで妹と暮らしている。千里も最初は両親と〈大久保〉の実家住まいだったのだが、くっついて来たのである。

そして、潜在的なものなのだろうが、引きこもり出してすぐ、その周囲では奇妙な現象が多発し始めた。隣の因業《いんごう》な老夫婦の突然死を予言——適中させたり、庭へ入って来た鴉《からす》を、ひと睨《にら》みで失神させたり、霊が見えると言い出したり——

「見たの?」

「はい。あの妹《こ》を可愛がってくれてた祖父の幽霊が、私と両親の前にはっきりと。そして、ある日、ゾンビを操って私の彼——遠山《とおやま》さんを殺したのは、『津久田《つくだ》興業』のボスだと言い出したのです」

〈西新宿〉を縄張《シマ》とする暴力団である。表向きは、興行を打つという名目で、〈区外〉から様々な芸人や奇妙な特技の持ち主を招聘《しょうへい》する。

「そういえば、去年、ゾンビ使いをハイチから喚《よ》んでた」

せつらはうなずいた。

「それです! 妹もそれだって。遠山さんを殺したゾンビは、『津久田興業』の裏にある倉庫に容《い》れてある——こう言われて、私、ここ一週間近く、『津久田興業』の周辺をうろついていたんです。妹が言うには、あいつら絶対またゾンビを使うから、それを写真に撮って、コンビニのカメラに映ったゾンビと照合すれば、殺人犯人も操ってる奴《やつ》らも一網打尽《いちもうだじん》にできると言われて。そしたら、今夜――」

――「津久田興業」の敷地の裏門が開き、ゾンビと数人の社員が現われたのである。コンビニのカメラの映像もそうだが、画面での見てくれは普通の人間とさして変わらない。物陰《ものかげ》に潜《ひそ》んでいた尚子も、すぐには見分けがつかなかったくらいだ。

そこで、先廻りして、正面から確認しようとしたところを、社員たちに囲まれたのである。

「とうとうご対面タイムだぜ」

とひとりが笑った。

「おめえが事務所の周《まわ》りをうろついてたのは、先刻ご承知よ。面白そうだから泳がしといたが、ここまでだ。さ、ゆっくり話を聞かせてもらおうか。裸になってなあ」

こんな時の用心に、尚子は小型の麻痺銃《パラライザー》を隠し持っていた。


だが、射《う》たれた男たちは、次々に倒れたものの、すぐ起き上がって来た。

「うちの会社は金があってな。おれたちみてえな使い走りにまで、体内強化薬を服《の》ませてくれるんだ」

その声を聞くや、もう一発浴びせて、尚子は逃亡に移った。そして〝劇場〟の階段を駆け下りたのである。

「お願いは、あのゾンビです。捕まえてください。ここにコンビニの写真があります」

確認用のデジタル・スチルを尚子はせつらに手渡した。

「依頼時に居場所がわかっている者は、受け付けない」

冷酷《れいこく》な物言いも、この若者が口にするとひどくのんびりと響く。せつらはスチルを見もしなかった。

でも、と言いかけて、尚子は諦めた。

マンションに戻ったのは、零時を過ぎてからである。

疲労は肉体的なものだけだ。精神的なダメージは殆《ほとん》どない。やくざに追われても、〈区民〉ならそんなもの日常茶飯事《にちじょうさはんじ》だし、〈区役所〉の保健衛生課が折あるごとに精神強化セミナーを開いて、心理的ダメージの軽減消去法を講義する。

ドアのスリットに、IDカードを差し込もうとしたとき、背後に足音がした。

エレベーター・ホールの方から近づいて来る。

ふり返っても、眼を凝《こ》らす必要はなかった。

五メートルほど前方に立っているのは、長身の若者であった。

廊下の照明は明るく、顔はよく見えた。暗くても見間違えるはずはなかった。

「景久《かげひさ》さん」

不思議とは思わなかった。ここは〈新宿〉――生者と死者がともに暮らすたそがれの街《トワイライト・タウン》だ。

穏《おだ》やかな顔立ちも雰囲気も変わっていない。茶のジャケットにジーンズというスタイルも尚子にはお馴染みだった。

「会いに来てくれたのね？　向こうで幸せに暮らしてる？　私もいつか行くわ。あなたの仇《かたき》を討《う》ってから」

遠山景久はゆっくりとかぶりをふった。表情が悲《ひ》愁《しゅう》を帯《お》びた。

「いいえ、やめないわ。私からいちばん大事な人を奪った奴らは、報《むく》いを受けるのよ。あなたは上から見てて」

死者は眼を伏せた。広い背を見せて、もと来た方角へ歩き出した。

――見てて。絶対にやってみせる
尚子は何度も頭の中で繰り返した。昨日までの思いより、遥《はる》かに激しく。

リビングの床に千里が大の字になっていた。

身体《からだ》とカーペットの間から、ルーン文字と星形の頭がはみ出ている。魔法陣《まほうじん》を敷いた上に寝ているのだ。

「また、星の霊と会話?」

尚子の声に皮肉や弄《いら》いはない。妹の能力を充分に認めているのだ。

「いえ」

細い顔の中に沈んだような唇《くちびる》ではなく、異様に大きな眼が応じたような気がした。

尚子は部屋に入って、着替えをしながら、

「今、戸口で景久さんに会ったわ。向こうで元気にやってるみたい」

と声をかけた。

千里は少ししてから、

「そうかしら」

と言った。不気味な間《ま》であった。

「どういう意味よ?」

部屋着に着替えて居間へ出た。

「あの人は、あたしたちが思っているより、ずっと激しい気性《きしよう》の持ち主よ。ねえ、怨《うら》みって、残された者より、殺された当人がいちばん強いと思わない?」

「………………」

「どうしたの、姉さん? いつもなら、絶対にそうだと同意してるのに」

「そうね。そのとおりだわ」

同意には気力が必要だった。それが不思議に感じられた。

姉から眼をそらし、千里は天井を見つめた。

「こんなにはっきり」

語尾はつぶれていた。この妹の声に驚きが揺曳《ようえい》していることに、尚子も驚いた。

「何が?」

「私たちの星の結節部《けっせつ》に、新しい星が出ているわ。これは……」

不安が尚子を捉《とら》えた。千里を見下ろした。他にできることはなかった。久しぶりに、待つのが怖《こわ》かった。

そこへ何かが忍び込み、ふと、穏やかなものが身体を満たした瞬間、

「――姉さん、当分外へ出ては駄目《だめ》よ」

緊張とも虚ろとも取れる声で、千里が命令した。

2

せつらはその晩、〈歌舞伎町〉のカプセル・ホテルに泊まった。

たまに取る行動である。タクシーで一〇分もかからない〈十二社《じゅうにそう》〉の家へ帰るのが面倒になるのだ。肉体的な疲れではなく、精神的なものだろう。

深夜、エレベーター・ホールに張っておいた〝守り糸〟が、個体の接近を告げた。

身長一九五センチ、体重一五〇キロ、人間ならプロレスラーか相撲取りである。

妖糸の伝えるデータは身体的特徴のみではない。精神の波動もまた。

無であった。怒りも憎しみも当人は感じていない。木石《ぼくせき》に精神《こころ》がないと等しく。

せつらは素早くカプセルを出て、身仕度《みじたく》を整えた。

足音はロビーに入って来た。

受付の驚きの声が伝わって来たとき、せつらもロビーへ入った。

通路側の戸口に立っているのは、巨大な黒人であった。赤いシャツのボタンは今にも弾《はじ》け飛びそうだし、ウエストなど二メートルもありそうだ。不気味なのは双眸《そうぼう》であった。白く抜けている。

――これか
と思った。しかし、尚子の恋人を殺した犯人かはわからない。尚子が見せようとした写真は一瞥《いちべつ》もしなかったし、ゾンビに狙《ねら》われる人間など腐るほどいる街だ。

「お泊まりですか?」

と受付の若者が、でかいのに訊いた。意外と怯《おび》え

ていない。妖物《ようぶつ》の侵入、強盗に関しては、警察の講習会も開かれているし、経営者も力を入れている。役に立つことはあまりないが。

黒い肌の中の白い眼がせつらを捉えた。

大股でやって来る。

「やっぱり」

せつらにも狙いが自分かどうか、判断はついていなかった。出て来たのは、そうだった場合、他の泊まり客やスタッフに面倒がかかると柄にもなく案じたからである。

両肩が摑まれた。

ひょいと持ち上げられた。

肉の痛みが限界に達する前に、妖糸をふるった。

丸太のような腕が音をたてて床に転がった。受付係が口笛を鳴らした。

生ける死体はすぐ事態に気づいた。

背を向けて、戸口の方へ歩き出すのを、せつらは見送った。殺人兵器を破壊しても何にもならない。

操縦者の下《もと》へ帰ってからが、本当の勝負だった。

「ゾンビすかねえ？」

受付の若者が感心したように呻《うめ》いた。

「話には聞いてたけど、はじめて見ました。さすがは〈歌舞伎町〉だ。いや、僕、〈区外〉の学生なんですけどね。いやあ、びっくりしました」

若いアルバイトの頰は紅潮《こうちょう》し、眼は興奮にかがやいて、ロビー全体を駆け廻りそうであった。

肩をゆすって歩く「津久田興業」の社員たちは、その日の昼近く、裏の倉庫に忍び込んだ娘を見つけて、尋問《じんもん》を開始した。

娘は尚子であった。

社員の中に、〈大久保駅〉近くの〝劇場〟へ彼女を追い詰めた男がいて、身元はすぐに割れた。

「彼氏の仇討《あだう》ちか？　残念ながらお門違《かどちが》いだぜ」

「あなた方が使ってるゾンビを見たわ。コンビニのビデオに映っていたのと瓜《うり》ふたつじゃないの」

「だからどうしたってんだ？　何ならおめえも、あいつらの仲間に入れてやろうか？　ハイチ生まれのいい呪術師を飼っているんだぜ」

「やっぱり、あんたたちね」

睨みつける尚子の顎《あご》を摑んで上を向かせ、

「よく見ると色っぽい顔をしてるな――身体の作りもよさそうだし」

「あっ……」

尚子は身悶《みもだ》えした。男の手が乳房を摑んだのだ。

「おお、千切れそうじゃねえか。こりゃ堪《たま》らねえ。おれたちのモットーはな、我慢は禁物《きんもつ》なんだ。おい」

やめてと叫ぶ女体《にょたい》に男たちが群がった。

ブラもパンティも外された。

「おお、大胆な。ビキニときたか。おめえ案外好きものだな。――おい」

男がうなずくと、二人の男が尚子の乳房を咥《くわ》えた。

後ろの奴が、腋《わき》の下に潜《もぐ》り込んで舌を使いはじめた。

「やめて、莫迦《ばか》！」

抵抗しながらも逃れる術《すべ》がないとわかると、女の血が騒ぎだす。

「あ……ああ」

と洩らすまで、男たちはやめなかった。尚子は濡《ぬ》れた音を聞いた。

「ほおら、おめえのあそこだ。指がびしょびしょだぜ」

「やめて」

意味とは裏腹に欲情に喘ぐ声であった。男たちは女の肌を汚し続けた。

「もう我慢できねえ、兄貴姦《や》っちまおうぜ」

乳房を頰張っていたひとりが、息を荒くした。

「いいぜ。だが、その前によ」

リーダーは立ち上がり、尚子の前に行った。

ベルトに手をかける。剝《む》き出しになった下半身からそそり立ったものから、尚子は顔を背《そむ》けなかった。

「気に入ったかい？　ほうれ、遠慮なく食いな」

唇に生の先端が当たった。尚子は吸うつもりでいた。他のゴロツキどもの眼が、尚子の口に集中する。

舌先で舐《な》め上げたとき、リーダーは低く呻き――動かなくなった。

淫熱《いんねつ》が退いていった。尚子とゴロツキどもの視線が戸口に立つ黒衣《こくい》の若者の姿を捉えた。

「誰だ、てめえは？」

リーダーの声は喘ぎに近い。せつらの顔を見てしまったのだ。

「こいつだ――地下で――相沢《あいざわ》の――手首を……」

こちらの叫びの尻切れぶりも、怒りのせいではない。

「腕のない黒人ゾンビを操っているのは誰？」

用件は玲瓏《れいろう》たる美貌に見合っていなかった。返事がないのも、してはならないからではない。

「てめえ……どっから……？」

リーダーが夢中で訊いた。事務所の玄関や裏口には監視カメラの眼《レンズ》が光っている。開閉はそれを確認した社員が行なう。

「玄関。開けてと言ったら」

「………」

沈黙は、呆《あき》れたのでも怒ったのでもない。納得の印だった。この若者にそう言われたら、おれだって、と誰もが思ったのだ。

その間に、尚子は裸身を隠そうともせず、そそくさと服装を整えて、せつらの後ろへ来た。

魂《たましい》まで奪われた状態だと、羞恥《しゅうち》心など稼働しないのである。

「誰？」

せつらが重ねた。

「私だ」

声は戸口の向こう――廊下からした。

せつらがふり向いた。

玄関階段の手前に黒人の老爺《ろうや》が立っていた。洒落《しゃれ》たジャケットを着て、ステッキをついている。せつらを見る眼の光だけが尋常ではなかった。

「〈魔界都市〉に、途方もないハンサムが二人いると聞きました。ここで会えるとは思いませんでした」

見事な日本語であった。

「ジネバロ師」

黒い皺《しわ》を刻《きざ》んだ顔に、驚きと――明らかな感激の色が湧《わ》いた。彼もせつらの魔法から逃れられなかったのだ。

「よ、よく私の名を――」

「〈新宿〉にいるゾンビ使いの数は限られている。黒人は二七人。うちハイチ生まれはひとりだけ」

「さすが名探偵ですな」

「人捜し屋《マン・サーチャー》」

「これは失礼を」


「どうして、僕を?」

茫洋たる声に何を感じたものか、黒い顔に渡った小波《さざなみ》は、明らかに恐怖であった。

「その娘さんと接触したと聞きました。処分しろと命じたのは、ここのボスです」

「てめえ――余計なことを」

とリーダーが歯を剝き、すぐに固まった。妖糸の仕業《しわざ》だ。

「奥?」

とせつら。

「留守してます」

「何処に?」

「さて」

回答は、リーダーがした。津久田牧雄《まきお》は、別の暴力団「真極会《しんきょくかい》」のリーダーと昼食を摂《と》っているという。

「景久さんを殺したのは、あなたたちね?」

尚子が社員たちを睨みつけ、ジネバロ師をふり返

って、逆上寸前の声で、

「頼まれたからゾンビを動かしただけだと、言ってごらんなさい」

「そのとおりです」

「秋さん――ここの社長をどうするつもり？」

「他人《ひと》の生命を狙った以上、自分の生命も」

「殺して、八つ裂きにして」

涙を拭《ぬぐ》いながら、尚子は叫んだ。

「それは困りますね。また就活しなくてはならなくなる」

ジネバロ師が杖《つえ》で床を叩いた。

「あなた、私の生活を脅《おびや》かす。ここでお休みなさい。そちらのハンサムさんも一緒なら、死ぬのも怖くないでしょう」

呻き声が上がった。男たちである。

顔から血の気が引き、両眼から光が失われる。虚ろに開いた口は呼吸を停止した。

「インスタント・ゾンビ」

せつらは小首を傾《かし》げた。

「社長に頼んで、社員全員の髪の毛と爪《つめ》を集めました。本当は彼らをゾンビにすれば済むのですが、それではすぐ警察に目をつけられてしまいます。ま、社内ガード役ですね」

ジネバロ師の表情が変わった。生ける死者たちは身じろぎひとつできないのだ。

「何をしました？　そうか、あの切り口――鎌いたちですね」

不正確だが、似たようなものだ。

老呪術師の身体を骨まで食い込む痛みが貫《つらぬ》いた。

彼は虚ろな声で、

「そうか――糸ですね」

と言った。

そのとき、複数の足音が廊下をやって来た。他の社員たちが、事態に気づいたのだ。

入って来るなり、射って来た。

せつらは尚子ともども空中にいた。ジネバロ師がよろめいた。被弾したのである。

　老人の呻きに合わせたように、事務所から人影が廊下に溢《あふ》れ出た。

「な、なんだ？」

　あわてる社員たちに、即席ゾンビの群れが大股で近づき、摑みかかった。糸を解放したのはせつらだが、この行動はジネバロ師の復讐《ふくしゅう》だった。

　ひとりが頭をはさみつぶされ、銃弾を射ち込んだひとりは、左胸を突き破られた。搔《か》き出したゾンビの手には、心臓が握られていた。

　せつらは振り子のように、殺人集団の頭上を越えて、ジネバロ師の背後に着地した。

　振り向いた老人の首から下は、三カ所、紅《あか》い染《し》みが広がっていた。

「昔なら──すぐに治せた」

　と老人は哀しげに言った。せつらが惨劇の場へ顎をしゃくって、

「ところで、あいつらは？」

「じきに死体になる」

　彼は床にすわり込んだ。うなだれるように首を倒し、動かなくなった。

　銃声より早く、熱いものがせつらの右肩をかすめた。

　拳銃を持った社員が、こちらへやって来る。頭の右半分が欠けていた。へへ、へへと笑い声を洩らすのが不気味この上ない。

　もう一発射つ前に、せつらはそいつの頭部を二つに割ってから、事務所を出た。尚子がぐったりと体重をかけて来た。右胸が真っ赤だ。せつらを外した弾丸を浴びたらしい。

　平然と通りすぎる〈区民〉の中で、事務所の方を眺めていた観光客らしい男女が、せつらを見て陶然と立ちすくんだ。

　事務所に残してきた妖糸が、ジネバロ氏以外は動かなくなったと告げたのは、通りへ出てタクシーを拾う前だった。

病院へ行くのを、尚子は拒否して、強硬に自宅へと主張した。

せつらに否《いな》やはない。というより、どうでもいい相手なのだ。

戸口に出た千里が顔色を変え、それから、姉への思いも忘れて立ちすくんだ。

「中へ」

と告げて、せつらは右手を前方へ向けた。

尚子は自分から奥へと歩き出し、リビングの真ん中で横になった。

「医者を——では」

冷たく背を向けるせつらへ、

「待って——あなた、死人《しびと》の匂《にお》いがするわ」

と千里が呼びかけた。

「よく言われる」

「ゾンビと戦ったのね。でも、この戦いは長引くわよ」

せつらは足を止め、

「わかる？」

と訊いた。千里に何を感じたのか。

「あなたを見れば、誰にでも、ね。別のことを教えてあげようか」

「お姉さん」

「わかってる。あれくらいの傷、すぐ楽になるわ。でも、他人《ひと》のこと、一応気にするんだ」

「これでも人の子らしい」

「面白い——ねえ、上がっていって。あなたのこと、色々教えてあげる」

せつらはドアに背を向けた。自分には興味があるらしい。

「ソファにかけて」

と言ってから、半失神状態の尚子の横に正座し、右手を傷口に当てた。

「へえ」

とせつらが洩らしたのは、傷口からひしゃげた弾頭がせり出したのみか、傷口自体がみるみる正常に戻ってしまったからだ。

〈新宿〉では珍しい現象ではないが、せつらが目撃したどれより早く、抜群の治癒《ちゆ》ぶりであった。この細っこい妹は只者《ただもの》ではないのだ。

安らかな寝息をたてはじめた尚子に、血まみれの服装はそのまま、毛布だけをかけて、せつらの隣にやって来ると、顔を見ないようにして、

「すごい星が姉さんの近くにかがやき出したと思ったら、これか」

と呻くように言った。

「姉さんの復讐心がガタついたのも無理ないわ。あたしだって――」

「それで?」

とせつらが促した。

「途方もない力があなたを取り囲んでいるわ。生まれてからずっと。これからもずっとね。でも、これは必ずしも守護力じゃあない。時によっては、あなたの敵にもなるの。それをカバーするのは、あなた自身の運ね。ひょっとしたら、この部屋を出た途端に心臓麻痺《まひ》であの世行きかもしれない」

「ありそ」

せつらは小さくうなずいた。この美しい若者は、自分の運命について考えたことがあるのだろうか。

「あなたみたいな美しい人は、滅《ほろ》びるしかないのよ。それを生み出してしまった世界と一緒にね」

千里は淡々《たんたん》と口にした。考えようによっては、とんでもない内容であるが、せつらは茫洋と聞いていている。

「――それから」

千里は、小さく微笑した。

「これから先――色んな目に遭って、しんどい思いをするでしょう。その源《もと》は男と女。特に依頼人には気をつけて」

「むむ」

せつらの呻きを、千里の驚きの声が掻き消した。

せつらはもう気づいていた。

横たわる尚子の身体から、もうひとりの尚子が分離し、二人の方へやって来たのである。

「姉さん!?」

驚きより怒りの際立《きわだ》つ声は、しかし、途中で宙《ちゅう》に溶けた。

姉の顔を見たのである。決して報われぬ思いで溢れた切なげな顔を。

両手がせつらの顔にのばされた。

「なんて哀しそうな」

千里が眼を閉じた。瞼《まぶた》の間から光るものが顔を伝わった。

震える指がせつらの頬に触《ふ》れる――寸前、二人目の尚子は忽然《こつぜん》と姿を消していた。

千里がドアの方を向いた。同時に、床の尚子が身をよじった。

「やめて――やめて!」

玄関のドアが重い衝撃を伝えて倒れたのは、この瞬間であった。

巨体が入って来た。津久田の黒人ゾンビにも劣《おと》らない。

石のような硬さを乱暴粗略《らんぼうそりゃく》に削《けず》った身体は、人間のものとはいえなかった。真っ赤な双眸に燃えている憎悪は人間のものだった。

「どなた?」

と訊きざま、ジネバロ? と放って、せつらは奥の窓へと跳《と》んだ。巨人が猛烈なパンチを浴びせたのだ。妖糸が土の両腕に走り、半《なか》ばまで食い込んで止まった。この土の人形は、魔力で守られているのだ。

突進して来た。

ふわりと頭上を越えようとしたせつらの身体を、信じ難い速さで持ち上げられた右腕が摑んだ。そのまま握りつぶすだけの力が加わったが、指はそこで停止した。数本の妖糸がせつらを取り巻いていたのだ。

世にも美しい若者を、巨人はベランダの方へ叩きつけた。

ガラス扉に美しい穴を開けて、せつらはベランダを飛び越え、下へと消えた。

巨人は尚子の方を向いた。

まだ失神中であった。

巨人の双眸は激しく燃えていた。燃料は怒りであった。

「あなたは……」

遠いところから聞こえるような声は、千里であった。

「許してやって……仕方がないのよ……私も前と変わってしまって……」

届いたかどうか。巨人は夜風の吹き込んで来るベランダに目をやった。怒りが瞳を紅く染めていた。

ふいに、彼は向きを変えて戸口の方へ歩き出した。

その足音が廊下の奥に消えてから、千里は尚子の下へ走り寄った。

何度か名前を呼んで揺すると、尚子は眼を開いた。瞳にかかる霞《かすみ》が、千里の胸を衝《つ》いた。姉はまだ夢を見ているのだろうか。

「大丈夫?」

声をかけるとすぐうなずいた。次の動きも声もない。浸《ひた》っていた世界に戻りたがっている。

「姉さん――駄目よ、諦めて。あの人は、人間《ひと》の思いが通じる人じゃない」

千里は、はっきりと自分の声を聞いた。

「姉さん――復讐して」

愕然《がくぜん》と姉から身を離したとき、何年ぶりかで、細い顔に冷や汗が噴き出した。


やくざを開業してから感じたことのない恐怖と焦《あせ》りが、津久田牧雄をあぶっていた。

たかがコンビニ店員を殺しただけではないか。新しくこしらえた木偶《でく》人形のテストだったとはいえ、まさか秋せつらが乗り出して来ようとは。何度か面識はあるが、そんなものこの美しい若者相手には、何の役にも立たない。

「ゾンビを送らねえほうがよかったか」

カプセル・ホテルへ入るのを子分のひとりが目撃したので、刺客《しかく》のつもりで送ってみたが、あっさりと両腕を落とされて撃退された。事務所へ殴《なぐ》り込んで来たのは、ジネバロが何とかしてくれたものの、せつらの狙いは明らかに津久田自身であった。

死神《しにがみ》に魅入《みい》られたかのように、彼は焦燥《しょうそう》に身を灼《や》いた。

「何とか始末できるんだろうな、ジネバロさんよ？」

〈矢来町《やらいちょう》〉の貸金庫に向かうリムジンの中で睨みつけるのを、黒人の呪術師は冷笑を浮かべて見返した。弾傷は何処にもない。

「大丈夫。あなたの周りは、五人のゾンビで囲んどります。あの糸の力は見切りました。それ用の防禦《ぼうぎょ》力も持たせてあります。ご安心ご安心」

「だといいがな。万が一俺の首が飛んだら、あんたも只じゃ済まねえんだぜ、わかってるよな。わざわざやって来た異国で、手足を落とされることもあるまいよ」

「お任《まか》せを」

恭《うやうや》しく一礼する呪術師を見ても、津久田の精神状態は、安堵《あんど》に程遠かった。相手は〈新宿〉――〈魔界都市〉そのものなのだ。

3

約束の時間――午後二時より五分早く、リムジンは目的地に到着した。

取り引き相手の車も停《と》まっている。先に来たらしい。今日は〈区外〉の犯罪組織に〈新宿〉特産の麻薬を売りつける日であった。

貸倉庫の内部は二つに分かれている。先に奥の方へ入った社員が一瞬立ち止まり、片手でこちらを制してから、ベビーＳＭＧ《サブ・マシンガン》を抜いて前へ出た。

「どうした？」

いらだちよりも津久田は恐怖に駆られた。

「床に空薬莢《からやっきょう》と拳銃《どうぐ》が。けど、誰もいねえんです」

「何ィ？」

はっとした。

「おい、運転手は？」

後ろを固めていた子分が、取り引き相手の車を見て、いませんと返した。やくざの車は、常に逃走用を兼ねている。運転手を残して行くのは鉄則だ。

「引き上げるぞ」

と津久田は命じた。どんな大取り引きでも、わずかな異常事態が発生、感知されたら、ご破算《はさん》——逃亡となる。

その足下で鈍《にぶ》い濡れた音が上がった。倉庫の奥——積み上げられたダンボールの向こうから、頭上を越えて投じられたものであった。ねじ切られた人間の生首が。

もうひとつ——もうひとつ——四つ目——五つ目。

「野郎」

最初に入った社員が、ダンボールへベビーＳＭＧを射ち込んだ。Ｈ＆Ｋ《ヘッケラーコッホ》の最新型である。本体は大型拳銃程度だが、消音器《マフラー》と二二口径サイズの軟頭弾〝アンブレラ〟一〇〇発入りの延長弾倉《ロング・マガジン》を装着すると、毎分七〇〇発の全自動機関銃に化ける。

社員二人は二挺《ちょう》ずつ携行していた。

弾丸のシャワーが、ダンボールを蜂《はち》の巣《す》に変えていく。軟頭弾は標的の体内で、傘《アンブレラ》のように開いて凄まじい破壊をもたらす。弾頭に貫通用のニッケルでもメッキしておけば、時速六〇キロで突進する二トンの黒犀《くろさい》でも二発でＫＯだ。

また飛んで来た。続けざまに二人に命中して五メートルも吹き飛ばす。首のない胴体であった。取り引き相手の成《な》れの果《は》てだ。

なおも飛んで来るひとつが津久田に命中する寸前、かたわらのボディガードが素手で叩き落とした。

五人がしなやかな動きで、ダンボール群へ進んで行く。

いきなり、ダンボールの山が吹っ飛んだ。その背後は異様に赤い。積み重なった死体を背景に仁王立《におうだ》ちになったのは、尚子のマンションでせつらを襲った巨人であった。津久田のゾンビたちも一八〇を超す巨漢揃《ぞろ》いだが、頭ひとつ大きい。

五対一——津久田のゾンビたちが、死者にはあるまじき憎悪を込めて躍《おど》りかかった。

せつらが倉庫へ侵入したとき、戦いの帰趨《きすう》は決していた。

戸口へ逃走して来る津久田を不動の石像に変えるには、窓から放り出された彼を安全に着地させた妖糸一本で事足《ことた》りた。

巨人が追って来た。

「駆除手段は？」

とせつら。前方に立つジネバロ師が、

「まず、私が」

と声をかけた。あまりに無謀《むぼう》な姿に対する敵の反応は、歩行停止だった。

ジネバロ師の杖が足下の床を突いた。

震度は優に八超えであったろう。倉庫全体が歪《ゆが》み、床面に亀裂《きれつ》が走る。津久田が吹っ飛び、扉に激突した。

巨人が仰向《あおむ》けに倒れたのを、せつらは床から三〇センチほどの空中で認めた。

素早くジネバロ師が駆け寄り、胴体に跳び乗るや、心臓部に杖を突き立てた。巨人が痙攣《けいれん》したのは二秒間ほどであった。

ジネバロ師が杖を引き抜くや、青い液体が噴き上がった。土偶《ゴーレム》の血であろう。

額の汗を拭って、呪術師は巨体から跳び下りた。

すうと近づいた巨人の手がその頭を摑んだ。待ち構えていたのかもしれない。

「!?」

黒い頭部は熟柿《じゅくし》のようにつぶれた。

「やた」

とせつらがつぶやいた。

巨人が立ち上がった。ジネバロ師を放出し、背後に横たわる五体のゾンビの残骸《ざんがい》も無視して、津久田に接近する。

せつらが糸を解《ほど》いた心境はわからない。

津久田は必死で立ち上がり、くぐり戸を抜けて、外へ出た。

鉄扉《てっぴ》を紙のごとく突き破った土の腕がその頭を摑んだ。

「助けて――」

絶叫は途中で熄《や》んだ。頭を失ったやくざは、呆気《あっけ》なくアスファルトの路上に倒れた。この世界の森羅《しんら》万象《ばんしょう》から無縁となった倒れ方であった。

「やれやれ」

せつらは外へ出てつぶやいた。

巨人がふり返り、こちらへ向かって来た。顔も含めた上半身は青黒く染まっている。

「さて」

首を傾げた頭上に、ヘリの音が急速に近づいて来た。

震源地を告げられた〈警察〉ヘリが、おっとり刀で駆けつけたのである。

「わあ」

せつらは、あまりパッとしない悲鳴を上げて、巨人から逃げ出した。

「止まれ」

ヘリのマイクが叫んだ。巨人への警告である。

「止まらないと攻撃を加える」

せつらは、前方に倒れた。無論わざとである。

巨人は足を止めなかった。

ヘリの両サイドに装着された三〇ミリ機関砲が火

を噴いた。ことごとく撥《は》ね返された。巨人の身体は魔力に守られているのだ。

「そこの人――逃げなさい。ミサイルを発射する」

それだけで、せつらが立ち上がるのも待たず、胴体下部の八連装ポッドから六〇ミリ対戦車ミサイルが一発、巨人の胸に吸い込まれた。

一気に二〇メートルも上昇して、せつらは爆風を避けた。

炎と衝撃波が巨人を抱きしめた。それから四方へ広がって行く。

巨人が前のめりに倒れた。

「やた?」

せつらの声に?がついたのは、その動きが不自然だったからだ。倒れたのではない。身を屈《かが》めたのだ。

路上の津久田の死体を片手で摑むや、巨人はヘリへと投擲《とうてき》した。

八〇キロ程度の身体でも、時速二〇〇キロでぶつかれば別だ。

操縦室は乗員もろとも吹っ飛び、ヘリは垂直に地上に落ちた。火を噴かなかったのは、墜落時の被害を考慮した設計ゆえだろう。

「やばい」

空中でつぶやくせつらの脳裡《のうり》に、

「あれは悲しみと憎悪に狂った殺人鬼です」

と聞こえた。周囲は誰もいない。声はジネバロ師のものであった。死者の声は続けた。

「放っておけば、無差別に人を殺しはじめます。目的を果たすまでは、殺戮《さつりく》が熄みません」

「なら熄む。津久田は死んだ」

とせつらは返した。

「いいえ、まだひとり残っています」

「え?」

それきり声は絶えた。

地上でこちらを見上げる巨人の面《おも》ざしを見ないようにして、せつらは新たな飛行用の糸を、前方へ張

った。

　雨が降り出したようだ。窓の外はまだ光は残るが、臨終の吐息に近い明るさであった。

「何か来そうね」

　話しかけた相手は妹か自分か。尚子はベッドの上で窓外を見つめていた。

「何に来てほしいの？　あの土偶《ゴーレム》？　それとも――あの人？」

　隣の居間から千里が応じて来た。

「あの人？――そう、あの人よ」

「遠山さん？」

「え？」

「やっぱりね」

　妹の声には姉の卑劣《ひれつ》を見抜いた、自らも邪《よこしま》なものの響きであった。

「遠山さんなら、じきに来るわ。あたしと姉さんの不実を責めに、ね」

「え？」

「とぼけないでよ。姉さん、もう遠山さんの仇を討つ気はないでしょ」

「何を言い出すのよ、この妹《こ》は？」

　軽い疑念を乗せた声は、危険なものを秘めていた。

「姉さんが知ってたかどうか。私、遠山さんを生き返らせてしまったのよ」

「…………」

「私の呪力《じゅりょく》では死者を甦《よみがえ》らせることはできないけれど、死者の思いを媒体に移すことは可能だった。だから、土をこねて人形を作ったの。遠山さんを生き返らせて仇を討とうと――でも、術の未熟のせいで、あの人は殺人鬼になってしまったの」

「千里……あなた……」

「愛していたのよ、私も景久さんを」

　妹の声はひどく冷え冷えと、そのくせ哀しく響いた。

「だから、復讐を誓ったのは、姉さんだけじゃなかったのよ。今頃、景久さんは自分を手にかけた犯人と、それを命じた奴を襲っているわ。死者にはわかるのよ、敵の居所《いどころ》が」

「私は——殺すなんて……」

「そうでしょうね、今は。あの人と会ってしまったからは」

「莫迦なことを……」

「そうかしら。私にはわかるわ。私もそうだもの。あの人の顔をひと目見た瞬間に、景久さんを失った悲しみも、犯人への怒りも、みんな忘れてしまった。いま胸の中で何よりも熱いのは、あの人への思い。姉さんは？」

「…………」

「言わざるがゆえに明らかなりよ。姉さん、景久さん、来るわよ」

「え？」

尚子は起き上がって、居間へ入った。

　魔法陣を敷いた上に、千里は身を横たえていた。眼には涙が光っていた。

　そうだったのか。胸の深いところで納得する声があった。どうしてもっと早く気がつかなかったのだろう。浮世《うきよ》離れした神秘学《オカルト》オタクだと思っていた妹の、女の思いを、なぜ姉の私が感じてやれなかったのだろう。

「あなたが呼んだの？」

「そうよ。強《し》いて言えば、私たち二人で招いているの」

「よくわからない。あの人は何をしに来るの？」

千里は天井を見上げたまま、少し間を置いて答えた。

「殺しによ」

尚子は胸を押さえて後退した。かろうじて、一歩で済んだ。こんな声も出た。

「——どうして、私たちを殺しに？」

「わかってるくせに。私たち、景久さんにとって裏切り者なのよ」

「私は——私はそんな……」

激しくかぶりをふって、尚子はすぐに諦めた。自分の精神《こころ》は偽《いつわ》れない。

感情がマスクのように次々と入れ替わる姉の顔を、千里はもう見ていなかった。もう遅い。私は愛した男性《ひと》の復讐のために、彼を甦らせた。それが今はどうでもよくなっている。本当にどうでもよくなっている。景久さんにはそれがわかる。今、あの人の憎悪の標的は私たちなのだ。

ドアが叩かれた。姉と一緒にいるとき、何度も聞いた。土偶になっても、あんな優しい叩き方ができるなんて。

立ち上がってドアの方へ行こうとする千里を尚子が止めた。

彼女がドアを開けた。

巨大な影が、ゆっくりと入って来た。真っ赤に燃える切れ目そっくりの眼が、尚子と奥の千里を捉えた。

「景久さん」

尚子は後退しながら呼びかけた。

「私は——まだ、あなたのこと……」

「嘘《うそ》つき」

いつの間にか背後に来ていた千里が吐き捨てた。

迫る巨人に押されるように、二人はキッチンから居間に入った。

巨人も入りかけて——止まった。

姉と並んだ千里が逆《さか》しま十文字《じゅうもんじ》を描いた護符《ごふ》を掲《かか》げていたのである。

「あなたを甦らせたのは、この印《マーク》よ。景久さん、これだけが、あなたを操ることができる。これを貼りつければ、あなたは塵《ちり》に戻る。

〝汝、塵なれば《ダスト・ザウ・アート》塵に還れ《ダスト・リターネスト》〟」

金縛《かなしば》りになった巨人の両眼は憎悪に燃えていた。

それを浴びながら、千里の右手はゆっくりと下りて行った。尚子の手がその肘を押し下げていた。護符はひらひらと床に落ちた。

「ごめんなさい」

と姉が詫《わ》びた。

千里がうなだれた。

巨人が前へ出た。手が二人の頭を摑んだ。その眼から、しかし、急速に激情は失われていった。そうさせたのは、過ぎし日の記憶かもしれなかった。

「景久さん」

巨人は二人にゆっくりと背を向けた。

そして、戸口に立つ人影を見た。赤光《しやっこう》が甦る。

「どーも」

と秋せつらは言った。

「やはりここへ来たか。僕は後廻し」

巨人の右手がキッチン・テーブルにかかるや、せつらめがけて躍った。

それは十文字に裂けて、せつらの足下に落ちた。

「やめて！」

尚子が巨人の腕にすがりついた。彼女に向けた眼から、憎悪の赤は消えなかった。右手をひとふりして、巨人は尚子を食器棚に叩きつけた。姉さん、と叫んで千里が走り寄る。

せつらの方へ進みかけて、巨人は立ち止まった。せつらは動かない。俯《うつむ》いている。その顔がゆっくりと上がった。同じ美貌だ。天工《てんこう》が彫ったかのように美しい。だが――違う。

「私に会ってしまったな」

その技の差は何処から生じるのか。

押し寄せる巨体の腕を躱《かわ》して交差するや、彼はまた俯いた。上げた顔は同じだ。しかし、また違った。

床に落ちた巨人の首が、どんと音をたてた。

姉と妹が息を引いた。

せつらが身を躱す。首のない巨人が襲いかかって来た。

その胸に、宙を泳ぐように一枚の紙が吸いついた。

投げたのは、どちらか。二人の娘は同時に膝《ひざ》をつき、身を震わせた。

巨人は倒れなかった。

せつらは床の上の首を見た。細面《ほそおもて》の優しそうな男の顔は、安らかに両眼を閉じていた。

それが立ち尽くす身体ごと、みるみる土塊《つちくれ》に還るのを見届け、せつらは部屋を出た。もう用はないと、足取りが告げていた。彼は自分を狙った魔性《ましょう》を斃《たお》しに来ただけなのだ。

キッチンの床に積もった塵の前で、二人の女のすすり泣きがいつまでも熄まなかった。

見返り

1

〈歌舞伎町《かぶきちょう》〉の一角で、せつらはその少女に会った。正午を廻《まわ》ったばかりの空は蒼《あお》く、空気はほんのりと暖かい。〈新宿《しんじゅく》コマ劇場〉の石段の前に立つ姿は、近づく夏にふさわしい、と言えば言えた。染《し》みだらけのTシャツとあちこちすり切れた短パンは異《い》臭《しゅう》を放《はな》ち、鳥の巣みたいな髪の毛は脂《あぶら》肪で貼りついた上に、下の垢《あか》だらけの顔と区別できなかった。顔にかかると見えなくなってしまうのである。

だから誰も近づかない。せつらは一瞥《いちべつ》も与えず、〈大久保《おおくぼ》〉方面へと歩を進めていたし、見た者も見なかった者も、少女のために足を止めようとはしなかった。

放っておいても、親切ごかしの人身売買屋や〈区役所〉の「未成年保護課」か、パトロールの警官がやって来る。それまでの辛抱《しんぼう》だ。

少女がそれを待つつもりがないのは、せわしなく左右を見廻す、すがるような眼差《まなざ》しで明らかであった。十六、七で保護者を求めるのは、十中八九《じっちゅうはっく》、記憶を失っているに違いない。

状況を読んだかのように、通行人の流れからひとりが抜け出し、少女に話しかけて来た。

地味な上衣《うわぎ》に渋いネクタイを巻き、真っ白なシャツは、いかにも品がよさそうな――人買い屋であった。

少女に話しかける口調も気さくで、声も穏《おだ》やかだが、少女の本能が、その仮面の裏にある素顔と企《たくら》みを察知したらしく、少女はたちまちそっぽを向いた。

男は笑顔を崩さず、その手首を摑《つか》んで、歩き出そうとした。

すると、摑んだその指が、パラパラとアスファルトの上に転がったではないか。

男が悲鳴を上げて、鮮《あざ》やかな切断面を眺《なが》めている間に、少女の本能は救い主とその場所を教えた。

小さな身体《からだ》は路上を走って、すでに二〇メートルも前方の黒衣《こくい》の若者にすがりついた。

せつらは無視して歩き続けた。

通りを左へ折れて〈新宿プリンスホテル〉の前の通りに出た。

少女はすぐ後ろについていた。

せつらはふり返り、やって来たタクシーを拾って乗り込んだ。

「前へ」

タクシーが動き出しても、少女はその場に立って、こちらを見つめていた。

五メートルほどで、

「戻って」

とせつらは言った。

「保護課」前のソファに腰を下ろして五分と経《た》たないうちに呼ばれた。


「記憶に障害がありますね」

と担当者《カウンセラー》は言った。

「自分の名前はもちろん、年齢も住所も家族の有無も覚えてはいません。なぜ、見つけられた場所にいたかもです。所持品はこれだけ」

テーブルに置かれていた五葉《よう》の写真を担当者は指さした。デジタル・プリントだ。

撮影の角度はすべて正面から、場所はみな異《こと》なるが、内容は少女と某人物たちのスナップだ。並んでVサインを作る五〇代と思《おぼ》しい男性、二人でブランコに乗った四〇代の主婦らしい女性と、〈区外〉の遊園地で少女を背負った二〇代の女性、店舗の前で少女を思いきり高く持ち上げた同じく三〇代の男性、最後は、七、八歳と思しい男の子が、お互い首を傾《かし》げて笑っている。少女を含めて、みなすべて平凡な服装をしていた。

「つい最近の写真だね」

係員は、せつらに媚《こ》びるような笑みを見せた。

「それでだな。あの子の記憶はともかく、写真の家族を捜《さが》し出して、送り届けてやってくれんかな。経費と報酬《ほうしゅう》は、〈区役所〉が保証する。どうだね？」

担当者は、せつらの素顔を知悉《ちしつ》しているらしかった。

少女用に、〈大京町《だいきょうちょう》〉にある〈区営住宅〉の一室と世話係の女性職員を一名確保させてから、せつらは少女に、

「どんな名前がいい？」

と訊《き》いた。

それまで不安と緊張のせいか、石のような沈黙を守っていたものが、はじめて、

「弥生《やよい》」

と答えた。本人もそれに近い名前なのかもしれない。

娘——弥生を部屋へ入れてから、せつらは写真《プリント》に写る男女の身元調べに取りかかった。プリントをデジタル化し直し、背景を「MAP」で検索すると、〈区外〉を除く場所は、たやすく明らかになった。

弥生の部屋に最も近い写真の人物の所在地は、〈内藤町《ないとうまち》〉のマンション。勤め先は〈歌舞伎町〉の「ペット・ショップD」であった。

五時少し前に、せつらは近くの駐車場にタクシーと弥生を残し、単身、店を訪れた。

〈ゴールデン街〉近くの路地の奥に位置する店は、決して、ひっそりとは言えなかった。

近づくにつれ、様々な鳴き声が絡《から》み合いつつやって来る。

たっぷりと使用中の消臭剤の量まで推定できそうな空気には、残念ながら、たっぷりとペットたちの臭いが残っていた。

強化プラスチックのケースの中で、毛むくじゃらの手足を蠢《うごめ》かしている大蜘蛛《タランチュラ》、三つ目犬、禿頭《はげあたま》を触手《しょくしゅ》の真ん中に放り込んだような邪神仏《じゃしんぶつ》、尾の先

の針をケースに突き刺して止《や》まない紅蠍《べにさそり》、八つ頭の蛇《ヒドラ》……これがD——デンジャラスのいわれだ。

せつらはドアの前で足を止めた。言い争いは店の外まで響いて来た。

断固とした声が、

「断わる」

凄《すご》みのある声が、

「どうして？」

「うちは、物騒だがまともなペットをまともなお客に売る商売だ。悪党には売れんな」

「いいカッコしてんじゃねえ」

いきなり、銃声が轟《とどろ》いた。固い着弾音が数カ所で上がる。跳弾《ちょうだん》だ。せつらの右頬《ほお》を唸《うな》りがかすめた。

「これだけ物《ブツ》が揃《そろ》ってるんだ。おめえが嫌なら、黙って貰《もら》ってくまでよ」

「おまえたちに飼育できるものか」

「そんな手間はかからねえよ」

品のない悪声が笑った。

「相手の前に檻《おり》を運んで蓋《ふた》を開ける。おれたちが外へ出りゃ、それで取り引きは成立よ」

「絶対に許さんぞ」

「うるせえ。品定めはもうしてあるんだ。てめえには用がねえ。大人しく言った金で引き渡しゃいいものを」

次の音は銃声だった。

だが、それは低い呻《うめ》きに変わった。ひとつではなかった。呻きの林に打撃音が鳴り渡った。

六人の男たちがとび出て来た。次々に地面にぶっ倒れる——が、何処《どこ》かおかしい。ぎこちないのだ。

最後に出て来た店の主人らしい男が、右手のスパナをふり廻して叫んだ。

「おまえたちの脅《おど》しは、隠し撮りしてある。次に顔を見せたら、〈警察〉へ送信するからな。——わかったか!?」

男たちは次々にうなずき、よろよろと〈靖国《やすくに》通り〉方面へと歩き去った。通りへ出た途端、骨まで食い込む見えない呪縛《じゅばく》は解《と》かれるだろう。

「失礼」

せつらは肩で息をしている店主に声をかけた。年齢は三〇前後。誠実そうな顔立ちを備《そな》えていた。迷惑《めいわく》そうにこちらを見て、たちまちとろけた。

「――何か？」

店主の名は隈地《くまち》将平《しょうへい》。ペット・ショップを始めて一〇年近くなるが、今日みたいな連中が、ひっきりなしにやって来て、そのたびに叩《たた》き出しているという。

頑固一徹《がんこいってつ》という今どき稀《まれ》な生き物だ。

「ひょっとして……あいつらに……何かしてくれた？」

せつらは答えず、

「この娘さんをご存じ？」

と、プリントを示した。


眼前の店主が高々と頭上に持ち上げた少女――この瞬間の思いを彼が忘れていなければ。

プリントを手に取ってしげしげと眺め、隈地は首を横にふった。

「一緒にいるのは、確かにおれだが――いつこんなもん撮ったんだ？　知らんなあ」

「見た覚えも？」

「ないねえ」

「親戚か親類か自分の子？」

「いやあ」

隈地が真剣に記憶を辿《たど》っているのは疑いようがなかった。問題は結果だった。

「全く覚えがない」

それは彼の血につながるすべてへの関係性を否定する返事だった。

「どーも」

せつらは他のプリントを見せようとはせず、店を後にした。

駐車場へ入ってすぐ、異変に気づいた。

彼と弥生を運んで来たタクシーのそばに運転手が立っていた。確かに本人だ。すがるようにこちらを見て、安堵《あんど》の表情をこしらえた。

「何か？」

「お客さん——あんたもそうだが、この娘《こ》おかしいぜ」

「何が？」

やっぱりという思いが形を変えながら胸中に固まった。

「見てくれや」

運転手は後部ドアを開いた。弥生がいる。いや、弥生に似《に》た少女が。いやいや、変貌《へんぼう》した弥生が。

眉《まゆ》が流れ星の軌跡のように伸び、眼が少し大きく、切れ長になった。小鼻《こばな》が縮《ちぢ》まり、これだけは優雅といえる鼻筋を一層《いっそう》目立たせていた。ああ、それに唇《くちびる》がやや薄く、赤くなっただけで、人間というのはこうも美醜《びしゅう》の逆転を為《な》し得《え》るものだろうか。

「ふり向いたら、こうなってたんで」

運転手は生唾《なまつば》を呑《の》み込んだ。

「あたしも〈新宿〉の運転手だ。大概《たいがい》のことにゃ驚きませんよ。だけど、これにはまいったねえ。あんまり別嬪《べっぴん》に化けたもんで、気味悪くなっちゃったよ。いや、あんたを見たら、ほっとしたぜ」

せつらもそれには異議がなかったであろう。

「ひとりは駄目だった。もうひとり廻る」

弥生は、こっくりとした。表情がかがやいている。ルームミラーで今の顔を見たに違いなかった。

せつらが行先を告げ、タクシーが走り出すと、弥生は、

「驚いた」

小さく言った。手は顔を撫《な》でていた。

「何が起こったのかしら？」

せつらはプリントを弥生に示した。

「この人は君を知らなかった」

「そう」

弥生は眼を伏せた。

「私――誰なんです？」

ひとつの連帯が断たれた哀《かな》しみが、間違いなく声に乗った。顔を覆《おお》う両手をせつらはじっと見つめて、二枚目のプリントを示した。

「二人目は八藤田季江《やとうだきえ》――隈地氏の妹だ」

プリントを手に取って見つめ、

「しっかりしてそうな女性《ひと》ね」

と弥生は認めた。

「でも、写真の私がわかったとしても、今の私を見たら、違うと言わないかなあ」

頼りなげな声であった。

「さて」

この辺、せつらは冷酷《れいこく》だ。

「わかってほしい」

弥生は声を嚙《か》みつぶした。心底《しんそこ》からの願いがこもっていた。


「大丈夫だよ、お嬢ちゃん」

人間らしいひとことをかけたのは、運転手であった。

「あんたくらいの美人なら、嘘《うそ》でも知り合いだって言うさ。何なら、うち来るかい？　嫁さんになってくれや」

俯《うつむ》いた顔が少し上がって、運転席を見た。少しして、

「ありがとう」

蚊《か》の鳴くような声だが、真情がこもっていた。

「曇ってきたな、こりゃ」

と運転手が、鬱陶《うっとう》しそうにつぶやいた。

通りとビルの彼方《かなた》から、灰色がかった雲が大空の版図《はんと》を広げつつあった。

前途多難《ぜんとたなん》――とせつらは思ったかもしれない。

〈榎町《えのきちょう》〉の細い道の途中にある家から顔を出した女性は、写真より太り気味だが、当人に違いなかっ

た。

ドア越しにせつらがプリントを見せると、食い入るように眺めて眼を細めた。記憶を辿るのも懸命だ。せつらに尽くそうとしているのだ。

やがて、その表情が、その努力を無にした。

婦人は、映っているのが自分だと認めた上で、

「いつ撮った写真かしらねえ。この子には見覚えがないわ」

「そうですか」

せつらは横にのき、別の男が顔を出した。中肉《ちゅうにく》中背《ちゅうぜい》、平凡な顔立ちである。ここに来る途中で連絡を入れ、マンションの前で落ち合ったのである。名は板東《ばんどう》という。

「あら？」

用心深そうに細めた婦人の眼が、男の瞳を映した。

男――板東は、婦人が手にしたプリントを指さし、

「本当に知らんのか？」

と訊いた。せつらに近い、のんびりした声である。質問というより独り言《ひとごと》に聞こえた。

婦人はもう一度プリントを見て、

「ええ――残念だけど」

「半年前だ」

と男は続けた。

「記憶にないわ」

板東はうなずいて、せつらを見た。

「嘘はついていない。記憶にないんだ」

「あなたに見られて嘘はつけない」

せつらも認めた。

「悪いけど、もう少し付き合って」

「いいけど、おれの眼は一日二回が限界だ。今日はあと一回だぜ」

「わかってる、わかってる」

せつらは婦人に、どーもと挨拶《あいさつ》してドアを閉めた。

廊下を歩きながら、

「物理的な力？」

と訊いた。板東はかぶりをふった。

「なら、おれの眼は騙《だま》せない。記憶の表層から取り除かれても、潜在意識には刻印されてるはずだ。おれの眼はそこも見抜く」

「やっぱり、ヒュードロドロかな」

「霊的な力ってことだな」

年端《としは》もいかぬ少女の記憶を失わせ、写真を伴《とも》にした相手に存在を否定させる——物理的な力でなければ、霊的なものしかない。板東は潜在意識感応者であった。


あと二メートルでエレベーター・ホールというところで、開いたドアから、四人の男たちが降りて来た。ひと目で子供が泣き出しそうな顔立ちと肩ゆすりの歩き方から、職業は明白だ。

すれ違いざま、二人に眼《がん》をとばし——ヘナヘナになりかかるのを、かろうじてこらえた。

エレベーターの前へ来て、下りボタンを押し、

「ありゃ、取り立てだな」

と板東が言った。

エレベーターが着くと同時に、せつらはもと来た方へ歩き出した。

「おい」

「さっきの部屋。待ってて」

せつらが駆けつけたとき、ドアから婦人がとび出して来た。顔の右半分が腫《は》れ上がっている。上半身に着けているのはブラジャーきりだ。

「助けて」

せつらに向かって叫んだ。

男たちのひとりがとび出し、摑みかかろうとして——硬直した。真正面からせつらを見てしまったのだ。

「どうなってるの？」

婦人はせつらの背後に隠れた。後の三人が顔を歪《ゆが》めて現われた。仲間を見て表情を変え、おい、と声

をかけたが、ぴくりともしない。ようやくせつらを見て、

「てめえ、何しやがった？」

凄みを効《き》かせたつもりが、声が鼻にかかっている。眼には霞《かすみ》がかかっている。

それでも、全員が何とか匕首《あいくち》を抜いた。刃《やいば》が光った。単なる取り立て屋ではなかったのだ。

「おれに任《まか》せろ」

せつらの横で板東の声がした。来るなと言ったのに、せつらを追って来たらしい。

「ちょっと」

せつらが制止しかけた瞬間、やくざどもが、突進して来た。婦人が悲鳴を上げた。

やくざどもは二手に分かれた。せつらと板東――後者の眼が一瞬、凄《すさ》まじい赤光《しやっこう》を放った。否《いな》、それは妖光であった。

棒立ちになったやくざたちの姿は、せつらの糸によるものとは、何処か違っていた。


「質問に答えろ」

板東は命じた。全員、うなずいた。板東もこくりとして見せた。

「何をしに？」

とせつらは訊いた。

「取り立てだ。この部屋の女にゃ五〇〇万の貸しがある」

「本当？」

せつらの問いに、婦人はひとつうなずいた。

「本当です。でも、約束の金額は、ひと月前に払ってあるんです。それを融資のやり方が変わった、利息は延長になったと言いがかりをつけて」

「それだけ？」

とせつら。

婦人がはいと答えると、やくざたちに眼をやって、それだけ？　と繰り返した。

五分刈《ごぶが》りのリーダーらしい男が、何度も首を縦にふった。

「何処の組？」

「〈市谷柳町《いちがややなぎちょう》〉の……『彩堂組《さいどう》』……だ」

「案内」

板東が、妙な表情になった。

「どう見たって、こいつらただの回収係だ。組まで押しかけても何も出やしないぜ」

「念のため」

せつらにしてみれば、弥生の過去とつながっている可能性が仄見《ほのみ》えたのかもしれない。

「〈警察〉へ」

と婦人に告げてマンションを出た。やくざたちは動けない。〈警官〉はせつらのやり口に慣れている。

二人に気づいた運転手がとび出してきた。

「どうかした？」

とせつら。

運転手は、凄惨《せいさん》といってもいい顔つきで、

「その姐《ねえ》ちゃん――何を着てました？」

と車内を指さした。


まさか、とせつらは思った。

覗《のぞ》き込む前に弥生が出て来た。

ぴい、と板東が口笛《くちぶえ》を鳴らした先で、絢爛《けんらん》たるコート姿が、着崩れを直した。

どう見ても、最高級のロシアンセーブルだ。五〇〇〇万円――どころか、億を超すかもしれない。

「いつ、誰が？」

運転手の説明は驚くべきものだった。

「一〇分くらい前に、マンションから、豪華な衣裳《しょう》《い》をかかえた女たちが大あわてで出て来てよ。横を通ったときに中を覗いて、『美人ねえ。どうせ〈警察《サツ》〉に没収されちゃうんだから、いちばん高いのあげる』って、放り込んでったんだ。連中が近くのバンにとび込んだところへ私服《デカ》が追いかけて来た。バンは発進したけど、じきに捕まっちまうだろ。けど、お蔭《かげ》で、どんなパーティに出しても恥ずかしくねえお姫様が誕生したってわけだ。もう訳がわからねえよ」

「そうなの？」

せつらの眼はコートのかがやきを映した。

弥生は、ええと返した。

「気がついたら着てました。今まで着てた服もちゃんと残ってます」

「面白いことになってきたな」

板東が、また口笛を鳴らした。

「俺にも付き合わせろや」

「面白半分」

せつらは鋭く指摘して、

「ばいばい」

と言った。冷てえなあと言いながら、板東は退散した。眼術《がんじゅつ》の報酬は後で振り込まれる。

「さて」

とつぶやくせつらへ、

「次の訪問は、明日にしてもらえませんか？」

と弥生が切り出した。

「何だか辛《つら》くて。それに——気味が悪いです」

不安げな表情が、コートの表面《おもて》を這《は》っている。

「了解」

ためらわずに返した。依頼人の要求は基本的に受け入れるが、自分の行動とぶつかれば、遠慮なく無視するのがせつらの流儀だ。今回の納得は、弥生の求めの奥に潜《ひそ》むものを探したくなったのか。

だが、戻った部屋のドアは開かなかった。

身元不明人《ホームレス》として〈区役所〉が認可した際に撮影した写真と違うとコンピューターが告げたのである。

「でも」

せつらは抗弁《こうべん》した。人間《ひと》の顔が変わるどころか、全身の変形だってこの街なら日常の現象である。しかし、

「——変貌を目撃したのか？」

とコンピューターに問われると、

「うーん」

としか答えようがなく、

「却下《きゃっか》」

とされた。どころか、

「〈区〉としては、別人の必要経費は認められない」

と、とどめを刺されてしまった。

「にゃろめ」

と眼《がん》つけしたきりで、せつらは抵抗をやめた。人間ならともかく、コンピューター相手では、美貌《びぼう》マジックも効果はない。

「ホテルを取ろう」

「僕は帰る」

と告げると、弥生は俯いた。

「あの――私も一緒に行っていいですか?」

?がせつらの頭上に点《とも》った。

「自分のことが何にもわからないのに、ひとりじゃ怖くって。お願いします」

セーブルを羽織《はお》っても高級娼婦《しょうふ》に見えぬ顔立ちが、純真な少女そのまま、ぺこりと頭を下げた。

「うーん」

せつらが唸ったのは、モラルの問題ではなく、弥生が今や得体《えたい》の知れぬ存在と化しているからだ。数時間のうちに、謎めいた美貌と最高級衣裳が天から降って来た娘――ひと晩あれば、何に化けるのかわからない。対処するのは簡単だが、それはしたくなかった。問答無用で二つにするのは、この少女に対して無惨《むざん》だった。

「お願い」

「…………」

「泊めてやんなよ」

と言ったのは、運転手だった。

「こんな格好で歩いてみな、五メートルと行かねえうちに、一〇〇回は襲われる。どうしても駄目ってんなら、おれの家へ泊めたっていいんだぜ」

「やれやれ」

とつぶやくせつらのかたわらで、弥生が運転手へVサインを送った。

2

家に帰る前に、せつらは〈メフィスト病院〉へ寄って、弥生の記憶を甦《よみがえ》らせようとしたが、珍しくメフィストが拒否した。

「記憶が戻ると、この娘さんは死亡する」

茫洋《ぼうよう》と、

「げ」

「海馬《かいば》に異常はないし、外部から物理的な障害が与えられてもおらん。霊的な殺戮《さつりく》システムの一環といえばいいか」

「必要なのは、医者じゃなくて坊主？」

「そういうことだ」

メフィストも躊躇《ちゅうちょ》はない。

「だが、これは霊的な意思によるものではない。はっきりいえば運命だ」

「運命」

少し黙って、

「打つ手はない、と」

「左様《さよう》」

「むむむ」

と唸ったが仕様《しよう》がない。せつらは小さく、藪《やぶ》、を置き土産《みやげ》に、病院を後にした。

弥生は、

「私には何も訊かないんですね」

と文句《クレーム》をつけたが、せつらは沈黙を選んだ。運命では仕方がない。

「気味が悪いわ。私のことを、一緒に写真に写っている人が少しも知らないなんて」

「………」

「このまま、自分が誰かもわからないで終わるのかなあ。少し怖いな」

「うーん」

「うーんて、あまり気にしてないでしょ」

「いや」

弥生は無邪気な笑みを見せた。

「――でも、これでいいって気もするんです」

「へえ」

「記憶を戻したからって、それがまともなものだとは限らないでしょう。むしろ、そのせいで、みな、首を横にふるんじゃないかしら」

せつらが黙っていると、

「私の顔とこのコート――その見返りじゃないですか？」

「は？」

この見解にはせつらも少し驚いたらしい。

弥生はあわててかぶりをふって、

「いえ、思いつきですから」

と否定した。

〈秋ＤＳＭ《ディスカバー・マン》センター〉へ着いてすぐ、近所のスナックへ食事に出た。

店長とウェイトレスひとりきりの店である。せつらの美貌への応対も心得ている。それが、二人揃ってあんぐり口を開けた。

注文を聞いて戻ったウェイトレスが、品物を告げてから、虚《うつ》ろな声で、

「もう勘弁《かんべん》してほしいわ。秋さんひとりだけでもフラフラなのに、もうひとりだなんて……。マスター……やめさせてください。もう一回二人で来られたら、おかしくなりそうです」

まあまあとなだめながら、マスターは虚ろな眼で、

「君の言うのも、もっともだ。なんて、お似合いのカップルなんだ」

溜息《ためいき》さえつくこともできずに、しかし、こう続けた。

「あそこまで美しいと――後は滅《ほろ》びるしかないぞ」

その深夜、せつらが六畳間のオフィスで、ＰＣのキイを叩いていると、男もののパジャマを身につけた弥生が入って来た。寝室は奥の和室で、パジャマ

はせつらのものだ。

「何か？」

見ようともしないせつらを少し睨《にら》みつけてから、卓袱台《ちゃぶだい》の前に正座した。

「怖くて眠れないんです」

「どうして？」

「この先、どうなるのかと思うと」

「なるようになる」

「そう言うと思いました。今でもそう考えています。でも、あと三人——その人たちが、知らないと言ったら、私——どうなるんでしょう？」

「過去がなくても生きていける。さして大事なものじゃない」

「羨《うらや》ましいな」

という声が背中に当たったのは、数秒後であった。

「——思い出とかに興味もないのね。大事なものとか、懐《なつ》かしい人とかいないんですか？」

「忘れた」

「私もそうだけど、あなたみたいにはなれないわ。どうしてこの街にいるのか考えただけで、震えてしまいます。ここは人間《ひと》の住むところじゃないわ」

「人が住んでいけない場所なんてない」

せつらはぼそりと言った。

「地図に載《の》っていない土地にも人は住んでいる。生きていく。そういうこと」

「私もここで生きていくしかないのね」

「出て行く道は三つある。邪魔する者はいない」

「出て行きます、絶対に」

せつらの指は止まらない。それまでの会話が現実のものかどうか——弥生を昏迷《こんめい》に陥《おちい》らせるような冷たい後ろ姿であった。

弥生は抱きついた。

「私は出て行きます。でも、そのときの私は、もう今の私ではないかもしれません。そうなっても、送ってくれますか？」

「サービス」

「何でもかまいません。〈門《ゲート》〉の向こうまで。お願い」

「手前」

弥生は眼を閉じた。溢《あふ》れかかっていた涙を瞼《まぶた》が断《た》って、頬を伝わった。

――あなたのことを忘れ去ってしまうかもしれない
そう言いたかった。返事が怖かった。この美しい若者は、魂《たましい》を凍りつかせる返事を返すだろう。

「眠ります」

自分に言い聞かせて、弥生は身を離した。


翌日の目的地は〈百人町《ひゃくにんちょう》〉の〈D住宅地〉であった。

Dとはデンジャー――〝危険〟の意味である。3LDKの瀟洒《しょうしゃ》な住宅が一〇軒まとまった一角は、〈準危険地帯《セミ・デンジャラス・ゾーン》〉内に建設されているのであった。

平穏な生活の中に、時折怪異が参入する準Dは、その怪異のレベルが住人の心身に影響を及ぼさず、大きな余震も年に数回が限度であるとして、住宅の建築が認められている。

その一軒の住人・八街和男《やちまたかずお》は失業中の身であった。

応対に出た夫人は、やつれた顔に憎悪の色さえ滲《にじ》ませて、

「パチンコでしょう」

と言い捨てた。それから、半《なか》ば恍惚《こうこつ》状態で、

「そろそろお昼に戻って来ます。上がってお待ちください」

せつらは板東ともども居間へ通された。

ソファへかけるとすぐ、十五、六と思しいハイソックスの娘が現われた。湯気の立つコーヒー・カップを載せたトレイを持っている。

「いらっしゃいませ」

とテーブルに並べて出て行った。

「早すぎるな」

と板東がドアの方を見て言った。

「あんたの顔を見て頬も染めない。影も薄かった。とどめだ――コーヒーがない」

テーブルの上に並んだはずのコーヒー・カップもミルクも砂糖も姿を消していた。せつらは向かいの壁際に置かれたサイド・ボードへ眼をやった。

小さな写真立て《フォト・スタンド》が載っている。

夫婦と娘だ。娘は十五、六でハイソックスをはいていた。

数分して、夫人がトレイを運んで来た。コーヒー・カップ、ミルクに砂糖――みなさっきの娘と同じだった。

「お嬢さんスか?」

板東が訊いた。確かめたくなったのだ。

「はい」

夫人は写真を見て、すぐに眼を逸《そ》らした。悲痛が溶けた絵の具のように顔に広がった。

好ましからざる心霊現象はゼロ、とは言えないようであった。

「〈魔震《デビル・クエイク》〉で亡くなりました。時々、現われます」

「ほお」

「嬉《うれ》しいはずなのに、最初からやるせなくて。慣れるかと思いましたが、そうはいきませんでした。今でも胸が痛みます。さっきの写真――もう一度見せていただけますか?」

「破きませんか?」

とせつら。夫人は苦笑した。

「大丈夫です」

手渡されたものをじっと眺めて、

「いつの間にこんな」

「ひとつお断わり。幻《まぼろし》かもしれません」

「でも、随分《ずいぶん》楽しそうだわ。これを見て何というのか、楽しみ」

コーヒーの香りが満ちる部屋で、ドアが閉じる

と、

「おれたちが帰った後がヤバそうだぞ」

と板東が皮肉っぽく言った。

「ふむ」

せつらは無関心である。

一〇分ほどで、八街が帰宅した。

夫人と会話した後で居間へ入って来た表情は、軽い困惑《こんわく》を湛《たた》えていた。

用件を話し、写真を見せると、

「この娘ねえ」

といって、ドアの方を見た。

「ご存じですか？」

「いや。全く見覚えはありません。ですが、いま家の前で妙な娘《こ》に会《つ》いました」

板東の両眼が吊り上がった。

その娘は、少し離れたところに停《と》まっていたタクシーから転ぶように降りて八街に駆け寄り、

「私をご存じですか？」

すがるように訊いたという。

「あんな綺麗《きれい》な娘、残念ながら見たこともない。正直にそう言いました。そしたら、気の毒になるくらいにがっかりしたふうで、そうですか、と言ってタクシーの方へ戻って行きました。中へ入るまで見送りましたよ。あまり気落ちしたふうで、可哀相《かわいそう》になってね」

八街は、いかつい顔を少ししかめて、何か思い当たったように、

「あの娘《こ》とこの娘《むすめ》と――何か関係があるんですか？」

「同一人物です」

八街は眼を剝いた。それこそ別人のような顔になった。

「嘘」

「本当に見覚えは？」

板東が、じっと八街の顔を見た。

「――いえ、全く」

弥生はここでも拒否を受けた。

板東はうなずいた。嘘はついていないという合図だ。

「では」

名刺を置いて、せつらは立ち上がった。

外でチャイムが鳴った。せつらが居間を出ると、玄関のドアのところで、夫人がふり返り、タクシーの方ですと言った。

運転手であった。あわてたふうに、

「いなくなっちまいまして」

と言った。

車を降りて、そこの家の主人らしい男と話し、すぐに戻って来たが、また出て行ったという。

「涙ぽろぽろでねえ。声をかけようと思ったら、勝手にドア開けて、行っちまいました。いえ、追っかけたんですが、角曲がったらもう見えなくて。それでお知らせに来たんです」

「了解」

とせつらは答えたきりである。弥生に巻きつけた妖糸《ようし》が、この世界の何処に行っても導《みちび》いてくれるはずだ。

門を出たところで、家の中から争う声が聞こえた。破砕音《はさい》が続く。グラスにとばっちりだ。

3

おれも連れてけと主張する板東を追い帰して、せつらは〈大久保駅〉方面へと向かった。

弥生が、八街を直接問いつめた気持ちはわかる。結果は無惨だった。そのショックで一度戻ったタクシーを降り、さまよいはじめたのも理解できる。だが、駅へと向かう足取りは確かだった。かなりの早足で最短コースを選んでいる。道を知悉していても、混乱した精神が導く早さではなかった。

今度は何だ?

自分が何者なのか知りたい、誰かとつながっていた証拠は五枚のプリントに残されていた。

今、三人目に知らないと断言された。他人との結びつきは次々に失われていく。

その代わり。

見返りがあった。

最初は美貌。

二人目は豪華な服。

三人目は何をもたらすのか。

この現象を信じているにせよ、いないにせよ、弥生の行動は新たな見返りを得るためのものではないのか。

せつらはタクシーで後を追った。

駅の手前で見つけた。

ためらいもせず、繁華街の方へと進んで行く。

不意に、通りの左側にあるカジノのドアが開いた。

よろめく人影と悲鳴がとび出して来た。脇腹を押さえたスーツ姿の初老の男であった。数歩で倒れた位置は、弥生の足下《あしもと》であった。

「大丈夫ですか？」

かけた声も、身を屈《かが》めて男の頭を支えた動作も、反射的なものである。

男の顔は、みるみる血の気を失っていったが、両眼が開いた。

じっと弥生を見つめて、

「あんた——何て名だい？」

さして苦しくもなさそうだが、細い呼吸《いき》である。

「私——弥生」

男は満足したようにうなずいた。

「おれは荒木《あらき》ってやくざもんだ。弥生さんよ——これを受け取ってくれ」

素早い動きで内ポケットからケースに入ったミニ・ディスクを一枚取り出し、弥生の手に握らせた。

「——あの」

「いいんだ。おれが死ぬとき、看取《みと》ってくれた相手に、全財産を譲るって決めてたのさ。文句をつけてくる親類も縁者もいねえよ。みんな始末しちまったからな。手続き事はみんなそのディスクに入ってる。あんたはたった今から、おれの全財産を自由に使っていいんだ。三〇〇〇億ぐれえはある。無駄使いするなよ」

弥生は返事をしなかった。頭の中は真っ白で、少しだけ納得する部分があった。拒否しても無駄だ、とその部分が告げた。

「わかりました。いただきます」

「よし」

男はうなずいて、全身の力を抜いた。喉《のど》が小さく鳴って――こと切れた。

数個の気配が、二人を取り囲んだ。

拳銃を手にした、タキシード姿の男たちであった。ひとりが、

「なに見てやがる!」

と、自分たちにカメラを向ける観光客を威嚇《いかく》した。〈区民〉たちは素知らぬ顔で通り過ぎて行く。遠いとも近いとも言えぬところで、パトカーのサイレンが聞こえた。

別のひとりが荒木の脈を取り、瞳孔《どうこう》を調べて、

「くたばったぜ」

とうなずいて見せてから、弥生を睨みつけた。

「さっき、こいつから何か手渡されたよな。出しな」

「嫌です」

きっぱりと答えた。これは私のものだ。自分の人生を失う代わりに手に入れた財産だ。誰にも奪えはしない。

「嫌だぁ? この女《アマ》――おい、内部《なか》へ連れてけ」

男二人が弥生の腕を取って立ち上がらせた。

「何するの!?」

「何にもしねえよ。これからお楽しみタイムさ」

歯茎《はぐき》を剝《む》き出して笑う男たちのそばで、

「そのとおり」

低い声には殺気が詰まっていた。

「え？」

とふり向いたこめかみに消音器《マフラー》の銃口が押しつけられ、つぶれた音が続けざまに鳴った。

新たな殺戮者は二人組《コンビ》であった。こちらは六人——彼らが気づく前に、ひとり二発ずつ正確に急所へ射《う》ち込んだ。犠牲者たちは、〈新宿〉の暗殺防止策——全身を鋼《はがね》に変える強化術や、弾丸の軌道をねじ曲げる妖術等を施《ほどこ》していなかった。

たちまち路上に血の海をこしらえた。

自動拳銃《オートマチック》を摑んだ手が、弥生の肩に乗った。

鋭い眼差しが弥生を見て、若々しい顔がにっと笑った。

「儲《もう》けたな」

これだけ言って身を翻《ひるがえ》した。人混みの中に彼らが去っても、優しい響きは、いつまでも弥生の耳の奥に残った。

車道の端にタクシーが停まった。

かがやく美貌が弥生に近づき、

「乗りたまえ」

と言った。

自分を見つめる顔に、陶然《とうぜん》としながら乗り込むや、タクシーはすぐに走り出した。

「あの人たちは？」

「『荒木組』の貸元と『富沢《とみさわ》グループ』、最後の二人は、『慶城《けいじょう》興業』の廻し者だろう。〈百人町〉の利権を巡《めぐ》る三匹の狼《おおかみ》と言われてたが、一匹狼になった」

「利権て？」

「〈区〉がカジノを建てて、儲けの五割という条件で経営を民間へ払い下げた。民間というのは——」

「わかりました」

弥生はうなずき、ミニ・ディスクのケースを取り出した。

「これ——」

「事情は聞いた——君のものだ」

「でも」

「運命」

三〇〇〇億円が嘘ではないことは、後日わかる。信じたものか、違うのか、ケースを見つめる弥生の眼に悲愁《ひしゅう》の色があった。

「顔と服と財産――次は何が手に入るの？　そして、私の名前も家族も見つからないんだわ」

「………」

「答えてください！」

弥生は真っ向からせつらを睨みつけ――へなへなと顔の造作《ぞうさく》をよろめかせた。

どんな悲痛な思いも勝てぬ美貌は沈黙を守っていた。

「この街は恐ろしい街だわ。人間《ひと》ひとりの運命を、記憶が取り戻せないというだけで狂わせてしまう。それはいつか戻るかもしれません。でも、代わりに得るものがある。それによって、幻の記憶は封じられたまま。私は誰なの？　何者なの？　愛した人々はいないの？　愛してくれる人は？　これからどうなるの？　どうすればいいの？　私が何もしないうちに私は私以外の私になってしまう。それを黙って待っているしかないなんて、酷《ひど》すぎるわ」

涙が頬を滑《すべ》り落ちた。

それが〈新宿〉だと、せつらは口にしなかった。ありふれたことだとも。

こう言った。

「明日は〈区外〉へ行く」

と。


その晩、せつらがパソコンに取り組んでいると、パジャマ姿の弥生がやって来た。桜色に染まった顔は、せつらともうひとり以外が見たら、彼らを目撃した連中と同じ反応を示すだろう。

「何してるんですか？」

「合成」

「お風呂お先に」

「どーも」

「今、鏡を見て驚いた。結構美人ね、この顔」

「ぱちぱち」

「口で拍手しないでくれます？」

「……………」

弥生はせつらの背を見ていた。

「実は凄く自惚《うぬぼ》れたいんです。これから〈歌舞伎町〉へ行けば、通りを歩いただけで町中の男どもがやって来るわ。ひとり残らず誘惑する自信がありますす。でも——あなたを思い出した途端に、莫迦《ばか》みたいと思ってしまうんです。よかったわ、私が愚《おろ》か者になる手前で止めてくれて」

弥生は畳《たたみ》の上に腰を下ろすと、両膝《ひざ》を抱《かか》えた。

今の彼女には似合わぬ素朴《そぼく》な絶望が、その姿から顔へと伝播《でんぱ》した。

「あと二人——どっちにも知らないと言われたら、私、どうなるの？　代わりに何が手に入るの？　そんなもの要《い》らない。また変わるくらいなら、ずっとこのままで——」

涙でくしゃくしゃになった顔を上げて、せつらを見た。

「ずーっと、あなたと一緒にいたい」

また俯いた。魂を賭《か》けた告白は、生命《いのち》も縮《ちぢ》めるのだ。

応《こた》える者はない。

古い蛍光灯の光の下で、世にも美しい若者は休みなくキイボードを叩き、美少女は身体を丸めて俯きつづけるのであった。

プリントを見た女——敦賀八須美《つるがやすみ》の回答は、誰よりも早くあっさりと、冷たかった。

「知りません」

プリントを返す手つきも、さっさと縁を切りたいと告げている。中野《なかの》駅前にあるマンションの二階だ。

「どーも」

とせつらは背を向けた。今日は板東が仕事で留守だ。本業は風俗嬢のスカウトマンである。

「ちょっと」

八須美が声をかけて来た。粘《ねば》ついている。表情もだ。

「ね、もっかい見せて」

今度はじっくりと眺めて、ははあんと洩《も》らした。

プリントを眺めたまま、

「そう言えば——思い出した……わ」

「ほお」

「確か、近所の横山《よこやま》のさっちゃん——だな」

「どこでしょう？」

「この写真はふた月くらい前のものなのよ。その後、私ここへ引っ越してきたから」

「住所を」

「車で案内してあげるわよ、ハンサムさん」

「危ない」

「運転なら大丈夫よ。オート・ドライブだから。〈新宿〉の人が〈区外〉へ来ると、広すぎて迷うわよ」

せつらはタクシーを帰し、八須美の車に乗り込んだ。

よろしくお願いしますと頭を下げる弥生に、八須美は綺麗ねえと感嘆の吐息を洩らした。

二〇分ほど走って、車はマンションの駐車場へと入った。

三人が車を降りる前に、背後でシャッターが閉まった。

八須美が急に走り出して、奥から湧き出した人影の仲間に加わった。

一〇人の男たちである。全員、拳銃を構えて車を取り囲んだ。

「ご大層《たいそう》な」

つぶやくせつらへ、正面の大男が、

「〈魔界都市〉の住人相手にゃ、これくらい用心しねえとな。降りろ」

「事情を」

大男はせつらの胸ぐらを摑んで引きずり出すことも忘れた。

眼が合ったのである。質問に答えたのは、八須美だった。

「この人、亡くなった亭主の弟なの。組やってるわ。私の知り合いが、〈大久保駅〉前の射ち合いの現場にいたのよ。そこで写メ撮って、三〇〇〇億円のこともそのとき耳に入れたのね。で、その日のうちに別件でうちへ来るときに聞かせてくれたわけ。いや、あなたから連絡もらったとき驚いたわよ。三〇〇〇億円が来たと思ったわ。あたしにやくざの知り合いがいて、とっても仲がいいとは知らなかったのが、運の尽きね」

「じゃあ、私のことは何も――」

「ごめんね、全く記憶にないのよ」

弥生は眼を閉じ、左胸を押さえた。泣きそうな声で言った。

「やっと見つけたと思ったのに。やっと自分が誰だかわかると思ったのに」

「気の毒にね」

八須美は悲しそうな表情になった。半分笑っている。

「もういいだろ、降りな」

と大男が命じた。

「想像どおり」

とせつらが言った。

「何ィ？」

「写真」

と言われても、大男はわからず、八須美の方を見た。女も首を傾げた。

板東が不在のため、女の証言を確認すべく、せつらは昨夜のうちにPCで、プリントの弥生の顔を、現在の弥生の顔に変えておいたのだ。八須美は別人の顔を、知っていると証言したのであった。

大男は胸を押さえた。弥生と同じ左胸を。続けざまに床が硬い音をたてた。全員が拳銃を取り落としたのである。心臓を掻《か》き毟《むし》りながら次々に倒れる男たちを、八須美は呆然《ぼうぜん》と見つめた。

「新しい見返り」

せつらはこうつぶやいたきり、止めようともしなかった。彼は何もしていなかったのだ。倒れても、男たちは呼吸を続けていた。

弥生の瞳に、怯《おび》えきった女が宿った。

その唇が、タスケテと動いた。

「許さないわ、あなたたちは絶対に」

「お金がほしかったのよ」

と八須美は虚ろな声で言った。

「うちは……亭主がいないの。四年前に癌《がん》で死んじゃった。子供が二人。何とか大学まで出してやりたいのよ。それで……」

その口から白い泡が噴《ふ》き出した。男たちの後を追って倒れた女を無視して、

「行きましょう」

と美少女が言った。乾いた声である。せつらの妖糸のドライビングである。運転手なしで車は走り出した。シャッターも開いた。

〈四谷《よつや》ゲート〉の方向へと走りながら、

「死んでないわ、みんな」

弥生は抑揚《よくよう》のない声で告げた。

せつらは何も言わなかった。念術《サイコキネシス》を身につけても、精神《こころ》は変わっていないのだ。

「私――〈区外〉で生まれたのかな?」

弥生が思いつめたように言った。

「〈新宿〉なんか真《ま》っ平《ぴら》だと?」

「ええ。あんな街――二度と行きたくないわ」

吐き捨てるように言い放って、

「このまま、最後のひとりのところへ行ってください」

せつらはうなずいた。先に何を予想していようと、いつもどおり、のんびりと穏やかに。

次々に小学校の正門から出て来る生徒たちの中に、せつらはすぐ加山伸二《かやましんじ》を見つけた。〈市谷《いちがや》〉の〈富久《とみひさ》小学校〉前である。

「私に行かせてください」

弥生が近づいて、声をかけた。

不安そうに立ち止まった少年へ、プリントを手渡す。少年はすぐうなずいて話し出した。

弥生の表情がかがやきはじめるのを、せつらは黙って見つめていた。

五分ほどで少年と別れ、弥生は足早に戻って来た。

「やっと見つけたわ。〈市谷加賀町《かがちょう》〉の〈大日本《だいにっぽん》印刷〉の近くの、安西《あんざい》って家よ。あの子は半年前までその近くにいて、私の家族と仲がよかったんですって。——行きましょ」

閉じるドアの音も力強かった。

一時間後、二人は少年の家を訪れ、困惑気味の両親と向かい合っていた。少年——伸二は母親の後ろに隠れて、時々こちらを盗み見た。安西などという家はなかったのだ。

事情を話すと、

「申し訳ございません」

と母親が頭を下げた。

「この子は〈区役所〉に保護されたときから嘘をつく性癖《せいへき》がありました。病的虚言《きょげん》症と言うんだそうです。このところ鎮《しず》まっていたんですが、きっとあなたが必死だったので、箍《たが》が外《はず》れてしまったんだと思います」

ふり向いて、

「この人を知ってるの？」

と訊いた。

少年は激しくかぶりをふった。その頬が激しく鳴った。父親が平手打ちをかましたのだ。

「また人様に迷惑をかけおって——この人がどんなにがっかりしたか、おまえにわかるのか⁉」

「ごめんなさい」

少年は頭を抱えて縮こまった。

「もういいんです。病気なら仕方がありません」

弥生が立ち上がった。

「保護された？」

せつらが訊いた。

「ええ。うちの子じゃないんです。失礼ですが、そちら様と同じく今も身元不明です。〈区役所〉から委託されて育ててきましたが、そのうち情が移って、籍を入れました」

「そうなんだ」

弥生がほのぼのと微笑した。

「よかったわね、ボク。もう嘘ついちゃ駄目よ」

少年が、母の後ろでどんな顔をしたか、二人は確かめず外へ出た。

「〈区役所〉へ戻る？」

とせつらが訊いた。

「いいえ。迷惑がかからなければ、私はいなくなったということにしてください」

せつらの表情がわずかに動いた。声も口調も同じ弥生だ。だが、何処かが違った。

弥生は身体の位置を変え、ある方向に眼をやった。決意を孕《はら》んだ視線は、〈歌舞伎町〉の方を向いていた。せつらは静かに、

「この街が気に入った？」

「ええ。急に好きになりました。私、ここで生きていくわ。誰の力も借りず、ひとりきりで。これだけ美しいし、お金も不思議な力もあるわ。あなたとも——お別れね」

あなたがいるから普通でいられる。あれはいつ、誰の言葉だったのか。

これが最後の見返りなのだった。

弥生は〈靖国通り〉の方へ歩き出した。

「さよなら。道で会っても声をかけないで」

返事はせず、しかし、せつらは微笑を浮かべていた。だから彼は知らない。歩み去る娘の頬に涙が伝

わっていたことを。

しばらくして、〈歌舞伎町〉に勤めるナンバーワン・ホステスが、〈新宿〉最大の暴力団のトップに見初《みそ》められたが、すぐに〈区外〉の政府高官の妻になったという記事が、〈新宿〉中の注目を集めた。心臓麻痺《まひ》で斃《たお》れた前の夫のことを訝《いぶか》しむ者はいなかった。

女は街を出て行った。

そして、この話を聞いたせつらは、またも静かな微笑を浮かべたのであった。

いつもどおり、穏やかに、のんびりと。

幽霊地点《ゴースト・ポイント》

1

世界はすべて地図に描かれる。

氷雪《ひょうせつ》吹きすさぶ極地も、生物の呼吸を許さぬ高山の頂《いただ》きも、探検家の骨しか残さぬ灼《しゃく》熱《ねつ》の砂漠も、例外なく小学生の地図帳に記《しる》される——

——はずだ
否《いな》。

例外は存在する。アフリカのある国の一部、中国の某省の一地点。

現実に足を踏み入れれば確かに土地も住人も存在するが、地図には記《しる》されぬ地点。

〈区外〉では〝空白地点《ゴースト・ポイント》〟と呼ばれる。

〈新宿〉では、〝幽霊地点〟と。

いつ出来たかはわからない。〈魔震《デビル・クエイク》〉以前から存在したものを、人々が隠蔽《いんぺい》してきたのだとも言われる。

だが、はっきりと確認されたのは、〈魔震〉以後である。

三カ所だ。

〈高田馬場《たかだのばば》一丁目〉の〈諏訪《すわ》神社〉境内《けいだい》の一地点。

〈三栄町《さんえいちょう》二二〉の〈新宿歴史博物館〉の廃墟《はいきょ》内の一地点。

そして——

〈歌舞伎町《かぶきちょう》〉の某所。

ここだけは、〝浮動地点〟と呼ばれ、この歓楽街を刻々と移動するとされる。

〝幽霊地点〟の名にふさわしいのは、ここだけかもしれない。

〈諏訪神社〉の境内に、若い男女が駆け込んで来たのは、六月の晩であった。

夏の前兆《ぜんちょう》は、ゆるんだ暖かさに表われていたが、汗にまみれた二人の顔は、それに合わせた表情を浮かべているとは言えなかった。

「こんなとこまで来て。何処《どこ》へ連れてくつもりかと思ったら、神頼み？」

見てくれは二十歳《はたち》と言っても通用しそうだが、全身逆行手術による三二歳である。サギリと名乗っているものの、これは水商売の源氏名《げんじな》で、本名は誰も知らない。

「とりあえず、〝幽霊地点〟に隠れよう。あいつらから逃げるにはここしかねえ。しばらくここにいて、ほとぼりが冷めたら〈区外〉へ逃げるんだ」

答えた男は、見てくれどおりの二〇歳になったばかりのチンピラでシンジという。顔色の悪い餓鬼《がき》のような顔に、切迫《せっぱく》した表情が貼りついている。声にも含まれる暗さは、犯してきた行為による暗さだ。

彼は所属する暴力団の組長を射殺していた。

「あたしは、〈区外〉から逃げるためにこの街へ来たのよ。また帰るなんて真《ま》っ平《ぴら》よ」

サギリが喚《わめ》いた。とりあえず、これを止めねばならないと、シンジは足りない脳味噌《のうみそ》で判断した。

「わかったよ。だが、今は、身を隠さなくちゃならねえ。こっちだ」

サギリの手を取って拝殿の横へと廻《まわ》り込んだとき、鳥居《とりい》の方で、

「間違いねえ。組のGPSがそう言ってる」

「逃がすな。生きたまま〈亀裂〉に吊《つ》るしてやるんだ」

こんな怒声《どせい》を丸ごと聞き取れはしなかったが、断片的な単語だけで、シンジは総毛《そうけ》立《だ》った。

「早く来い」

なおも渋々ながらの女を引っ張って、拝殿の後ろに廻ると、一〇メートルと行かずに巨石を組み合わせた建造物がそびえていた。某国のストーン・ヘンジに似ている。月光がいかにも神秘的に見せているが、それだけだ。二人の窮地《きゅうち》を救ってくれそうには見えなかった。

「あの中だ」

「ちょっとお、神社のもンでしょ。罰《ばち》が当たるわ

よ」

「いや、本来存在しねえ代物《しろもの》だ。だから、〝幽霊地点〟なんだ。おれは聞いたことがある」

それは、門柱を思わす二つの長い石とその上に乗った平石から出来ていた。

シンジの眼は、長石の間にある空間――入口を、絶望的に映していた。黒々と塗りつぶされたそこからは、向こう側の光景が見えなかった。

「こっちだ」

「野郎――ここへ来やがったか」

声と足音が近づいて来た。

なおもためらうサギリの手を引いて、シンジは石の手前まで走った。

「これの入口は、時々見えなくなる。人をまくには最適だそうだ」

「時々でしょ？　あたしたちが隠れても消してくれるの？」

「お、おお、勿論《もちろん》だ！」

「あんたの保証は当てにならないわ。ああ、寝るんじゃなかった」

「なに言いやがる――来たぞ」

月光の下に人影が見えた。

二人は巨石へと走った。

数秒遅れて駆けつけた男たちを、急速に絶望と諦《あきら》めが包み込んだ。

「やっぱり――か」

「これじゃあ追っかけられねえな」

「しかし、シンジの野郎に、こんな度胸があるとは思わなかったぜ。〝幽霊地点〟へとび込むなんてよ」

「どうする？」

最初のひとりである。

「どうするって、兄貴？」

「このまま帰っても、建三《けんぞう》さんからどやされるのはわかりきってる。指一本じゃ収まりがつかねえぞ」

兄貴と呼ばれた男は少し考え、弟分のひとりをふり返った。

「真城《しんじょう》――行け」

顎《あご》をしゃくった先には、巨石の組み合わせが冷え冷えと立ち尽くしている。

「あん中ヘスか?」

「他にあるかい」

「か、勘弁《かんべん》してください。あそこへ入ったら、もう出て来れねえ」

「出て来なくてもいい。中でシンジと女を消せばな」

「そ、そんなあ」

その襟首《えりくび》をぐいと摑《つか》んで、

「さ、行ってきな」

他の連中が何と言う間もなく、一歩前へ出て、抗《あらが》う弟分を穴の中に放り込んでしまった。

「これでしばらくは建三さんも矛《ほこ》を収めてくれる――さ、戻るぞ」

〈大久保《おおくぼ》二丁目〉の事務所の車庫に、建三の車が残っているのを見て、兄貴と呼ばれた男は、露骨にゲジゲジ眉をひそめた。建三は殺害された会長の倅《せがれ》である。

「まだいるのかよ」

二台の車から降りた弟分たちを眺《なが》めて、

「おれが先に行って事情を話す。新星《にいぼし》のスマホに連絡するから、そしたら上がって来い」

射殺された親分――紅梅《こうばい》の部屋は三階だ。建三もそこにいる。

下で五分も待つ必要はなかった。

緊張の張りつめた声に呼ばれて駆けつけたやくざどもは、ソファにかけた親分の倅を確認した。ソファは真っ赤で、首の切り口からは、動脈血がびゅうびゅうと噴《ふ》き上がっていた。

首はテーブルの上で、子分たちを虚《うつ》ろに睨《にら》んでいた。

戸口で立ち尽くしている兄貴は、死体を指さして呻《うめ》いた。

「殺《や》ったのは――シンジだ」

子分どもは一斉《いっせい》にうなずいた。おかしなことは何もない。〝幽霊地帯〟へ吸い込まれたチンピラが、わざわざ戻って来たのだった。


仕事の途中で、秋《あき》せつらは〈余丁町《よちょうまち》〉の蕎麦《そば》屋へ入った。

出汁《だし》の取り具合が絶妙な天ぷら蕎麦の唯一《ゆいいつ》の欠点は、天ぷらの衣《ころも》が厚すぎることだった。つまり、海老《えび》が小さい。

黙々《もくもく》とつるつるやっていると、三人の男が入って来た。ひと目でやくざとわかる風体《ふうてい》の連中だが、どこか殺気《さっき》立ってるところを見ると、抗争中かもしれない。

「触《さわ》らぬ神に」

と胸の中でつぶやいたとき、神は向こうから触って来た。

三人組のひとりが前の席にすわった。二人はせつらの左右やや後ろに立った。全員サングラスをかけている。

それでも、前の男は頬《ほお》を赤らめ、両手で頬をこすった。弛緩《しかん》する筋肉を押さえていたのである。

「噂《うわさ》には聞いていたが、まさか、こんな色男がいるとはな」

呻くように言った。

「何か？」

とせつら。

「人を捜《さが》してほしい。ただし、まともな人間じゃねえ。化物《ばけもの》だ」

「化物退治は別の人に」

「退治はしなくていい。居場所だけ突き止めてくれりゃあ、後はおれたちのほうでやる」

「殺しとわかっては――ダメ」

「殺しもしねえよ」

男は軽く頭をふった。思考を侵食《しんしょく》する美しさを払いのけたのだ。

厨房《ちゅうぼう》の奥から店主夫婦が奇妙な表情を男に向けていた。せつらは背中しか見えないため、頬を染めたやくざしか眼に入らないのである。

「――そいつには訊《き》きてえことがある。それをしゃべったら無事に返すさ」

「しゃべらなかったら――拷問《ごうもん》?」

「多少は仕様《しよう》がねえ。その辺は、わかってもらいてえな」

「ダメ」

せつらはにべもない。

「おい」

凄《すご》んで見せたつもりだが、一向《いっこう》に迫力がないのは、男にもわかっているらしく、溜息《ためいき》をひとつついて沈黙するや、少し考え、

「よし、わかった。男はいい。女を捜してくれ。これは――親爺《おやじ》の女《イロ》だ」

「ひょっとして、男と逃げた」

「違う。ま、逃げたのは本当だがな。親爺は毎日泣き暮らしている」

「拷問は?」

「しねえ。保証するよ」

丁度《ちょうど》口元へ運んだ箸《はし》の手を止めて、せつらは男を見つめた。

男の顔に死相が生じた。

「保証する、ね?」

と訊いた。男の返事は地の底から聞こえた。

「あ、ああ、勿論だ」

「では、データを」

男はがっくりと頭と肩を落とし、何度《と》も呼吸《いき》をついた。死にかけた器官が必死で復活を遂げようと機能を調整しはじめる。美しさが引きずり込んだ未知の世界から、やくざの日常へ復帰しなくてはならないのだ。

幸い二分で何とか形が整った。

七味《しちみ》の向こうに封筒が置かれた。

「言い忘れてた。おれは『紅梅会』の新星ってもん

だ。一応、若頭をつとめてる」

「『紅梅会』の若頭は湯中陽市《ゆなかよういち》──頭《カシラ》と息子が死んだ?」

驚愕《きょうがく》に身をこわばらせたのは、新星と──二人の子分たちであった。

明らかに、何故《なぜ》と訊きかけ、紅梅の死は推測にすぎないと気づいて凶相《きょうそう》を途中で止めた。

「詳《くわ》しいな、さすがに〈新宿〉一の人捜し屋《マン・サーチャー》だ」

誉《ほ》めてるつもりが、恐怖の表現になっていないか、自信はなかった。

経費を伝え、せつらは席を立った。

レジで支払いを済ませて外へ出た。女店員は、入店時から陶然《とうぜん》と別世界にいる。戻って来るまで丸二日はかかるだろう。

外へ出て、せつらは通りの方へ歩き出した。

前方からアロハシャツに黒いジャケットの若者がやって来て、すれ違った。

巻きつけた妖糸《ようし》が異常を伝えてきたのは、ほぼ一分後であった。

一〇〇〇分の一ミクロン──重さも存在しない不可視のチタン鋼は、悲鳴と銃声を伝えて来た。

「やれやれ」

ふり向いた向こうに、小さく蕎麦店と街並みが広がっていた。平凡な風景の中に、凄惨《せいさん》な死が突如《とつじょ》生まれる。〈魔界都市〉たる所以《ゆえん》だった。

大股《おおまた》で戻った。

ガラス戸を開くと、まず、さっきのテーブルに突っ伏した新星が見えた。首は隣のテーブルに載り、首なし死体から噴き出す鮮血がテーブルを赤い海に変えつつあった。二人の子分もかたわらに首を置いて血の海に伏していた。

殺し方に記憶があった。

「──〈高田馬場一丁目〉」

つぶやいてから、女店員に事情を訊いた。

狂気さえ湛《たた》えていた女店員は、せつらの顔を見るなり、よき協力者に化けた。

せつらが出て行った後、三人が注文し終えたとき、そいつが入って来た。あまりに急な偶然に、三人とも何も出来ないうちに、そいつは右手を自分の首に当てて横へ一線を引いた。

新星の首は、きれいに落ちた。銃を向けた子分たちも、引金を引く前に首を失った。

「三人が倒れたときにはもう、その人は消えていました。入って来たときは戸を開いて来たのに、出てくときは幽霊みたいに消えていたんです」

女店員の証言を、厨房から覗《のぞ》いていた夫婦も保証した。

死霊《しりょう》か怨霊《おんりょう》か、それとも別の存在か、〈新宿〉にはあらゆる可能性が存する。従って、誰も正体を特定することはできない。せつらにわかるのはただひとつ――すれ違ったとき犯行者に巻きつけておいた妖糸が、新星が殺害された時点で外れていたことだ。


〈歌舞伎町〉のチンピラ、シンジは、二カ月ほど前、「クラブ清蛇《せいじゃ》」へ入り、ママのサギリと会った。一二も上の女に、チンピラはひと目惚《めぼ》れして、足繁《あししげ》く通うようになった。サギリの商売人としてのテクニックをもってすれば、恐喝《きょうかつ》や盗み、麻薬の運び屋で粋《いき》がっている若造など、どうあしらうこともできたろうに、精神に奇妙な化学変化でも生じたのか、ひと月もしないうちに、サギリのほうから関係を持った。後は神の手に操《あやつ》られるみたいに進んだ。

サギリに溺《おぼ》れきったチンピラは、彼女の愛人である紅梅会の頭を射殺してしまったのである。紅梅も二人の仲には勘づいていたらしく、すぐに追手《おって》がかかった。

即刻〈門《ゲート》〉からの脱出は封じられ、〈区内〉を逃げ廻ったふたりは、ついに〈諏訪神社〉の境内にある〝幽霊地点〟へ追い詰められ、そこで姿を消した。

その日のうちに、組の二代目を継ぐべき頭の息子が殺害され、深夜にもうひとり——シンジとサギリを追った七人の組員のうちのひとりが、自宅アパートで首を失った。せつらの下《もと》へやって来た三人も、追跡者の一員で、緊張の気《き》は、迫り来る死が醸《かも》し出したものだったのである。

シンジとサギリの赴《おもむ》いた世界がどんなものだったのか。少なくとも、自分たちを追い詰めた奴《やつ》らの首を落とさずにはいられぬ場所だったのは間違いない。

残る追手は三人。その誰かを尾行すれば、シンジは現われるだろう。

だが、せつらへの依頼はサギリの居場所の確認であった。シンジの執念も殺害される者たちの恐怖も、無関係である。

新星からのデータには、二人の家族構成も記載されていた。

その日のうちに、せつらは〈下落合《しもおちあい》〉のレンタル・ビデオ店に勤めるサギリの夫の下を訪れた。

店長である夫は、中で応対した。〈新宿〉の職業に安全なものなどないが、ビデオ店は特に危険な職場といえた。商品の半数は〈区外〉から仕入れた〝まともな〟品物だが、三日とかけずに要注意品に変わる。妖物《ようぶつ》が取り憑《つ》くのだ。〈魔震〉直後の店々では、ホラーもののビデオやDVDをレンタルした客たちが次々に自殺、或《あるい》いは殺害され、閉店する店が相次いだ。

浄霊《じょうれい》を行ない、店内のポイントに護符《ごふ》を貼りつけた現在でさえ、安全なはずのDVDは、貸出者を発狂させ、生命《いのち》を奪う。それを怒った遺族の報復も多く、ここ一年でビデオ・ショップのスタッフの死亡数は一〇〇人を超すという。

狭苦しいオフィスでせつらを迎えたサギリの夫は、そんな店にふさわしいとは思えない繊細《せんさい》な感じの男だった。

「あいつがここへ？　とんでもない」

と夫は首をふった。

「籍はまだ入ってますが、あいつがやくざと出来て、私を捨てた八年前から会っちゃいませんよ。〃幽霊地点〃に入ったと仰《おっしゃ》るけど、私には不思議じゃありませんな。あいつはまともな生活や人生なんて、腹の中で笑ってましたからね。いつも、この世界はあたしに向いていないと愚痴《ぐち》っていましたよ。〈新宿〉でさえ、あの女の消失願望を満たすことはできなかったんです。〃幽霊地点〃でいなくなれて、本人は心底《しんそこ》よろこんでいるんじゃありませんか」

一気にまくしたてたとき、店員が、お客さんがお呼びですと言って来た。

失礼と出て行った夫へ妖糸が伴《ともな》っていたのは言うまでもない。

「おまえは!?」

糸を伝わるより早い驚きの声に、せつらは部屋を出た。

夫はガラスケースのこちら側に立ち尽くしていた。前には誰もいない。妖糸の反応もなかった。せつらは、あのうと呼びかけた。

ふり返らなかった。大事なものと出会い、それが不意に去ってしまったかのように、夫は前方を見つめていた。

「あのぉ――来ましたか？」

五つ呼吸《いき》する間を置いて、

「誰かが来たようです」

と夫は言った。

「奥さん？」

のんびりと訊いたが、そうでなければ、ぶっきらぼうもいいところの問いである。

「わかりません。眼を閉じていました」

見てはならないものを見まいとして。

不似合いな世界を去って行った誰かを。

せつらは、とんでもない問いを放った。

「しあわせそうでした？」

憧《あこが》れの世界から戻って来たのなら、そこは憧れの国ではなかったのだ。

「わかりません」

これだけは返事をした。

「いま、何処に？」

夫の肩が小刻《こきざ》みに震《ふる》えていた。せつらは気がついた。夫は泣いているのだった。

「どーも」

これだけ言って、せつらは店を出た。右方に積まれたゴミの缶の向こうから、店内で見たばかりの顔が半分だけこちらを見ている。

店員だ。せつらと眼が合うと、ふらふらとこちらへやって来た。妖《あや》しく華麗《かれい》な食虫花《しょくちゅうか》に惹《ひ》かれる虫のように。

せつらは見つめるだけでよかった。

「すんません。立ち聞きしてました。店長は何もしゃべらなかったけど、おれ――見たんです、あの女を」

せつらは、新星の資料に入っていたサギリの写真を見せた。

「間違いありません」

店員はこう言ってから、

「でも、二人とも何もしゃべらなかった。あれ――幽霊でしょう？　怨《うら》みを晴らしに来たんですかね？」

「何もしなかった？」

店員は吸い込まれそうな眼つきになって、

「そういや、女がメモみたいなのをカウンターに載せてたような。いや、載せてましたね」

せつらは見ていない。夫が仕舞《しま》ったのだろう。

「ありがとう」

礼を言って歩き出した。店員が、一大決心をしたみたいに、

「あの――今度、一杯飲《や》りに行きませんか？」

口走るや、よろめいた。最後のひとことに、魂まで込めてしまったのだ。

せつらは足を止め、ふり返って、

「まだ早い」

そして、足を速めた。

遠ざかる後ろ姿を恍惚《こうこつ》と見送り、店員は何をする気にもならなかった。このまま、いつまでも夢の世界に取り込まれていたかった。

かたわらに気配が生じたときも、店長かと思っただけである。

違う、とわかって、ようやく人心地《ひとごこち》が戻って来た。

店から出て来たとしか思えない。だが、中には店長がいるきりのはずだ。

必死に甘美《かんび》な蜘蛛《くも》の糸から、顔を剝《は》がして見上げた。

あの女だった。

その場で同じ方角を見つめている。たぶん、同じものを。

猛烈な嫉妬《しっと》が湧《わ》いた。道の小石を摑んで立ち上がったとき、女は角を曲がるところだった。

2

せんべい店の看板が見えるところまで来たとき、通りの反対側に駐車していたタクシーから、男がひとりとび出してきた。

足早に通りを渡ると、

「秋さんかい?」

と訊いて来た。

「はあ」

「もう聞いてると思うが、オレは紅梅会の者《もん》だ。俠祇《きょうぎ》という。女は見つかったかい?」

「まだ」

「そうかい。早いとこ見つけてくれ。返事が聞きたくて来ちまった。大人しく待っていられなくてよ」

「はあ」

何人も無慈悲《むじひ》に殺害してきたに違いない凶悪な貌《かお》が恐怖に引きつっていた。黙っていられなくてというのは本当らしい。

「怖い？」

とせつらは、訊いた。

彼の口調と美貌《びぼう》がなければ、俠祇は殺意を剝《む》き出しにしただろう。

「ああ、怖《こえ》え。人も殺したし、自分も狙《ねら》われたこともある。けどよ、こんなに恐ろしいのははじめてだ。相手を見たわけでもねえのに、いっときも穏《おだ》やかな気分じゃいられねえ。怖くて怖くて仕方がねえんだ。周《まわ》りの人間を手にかけちまいそうな気分までする」

「ご家族は？」

「女房と子供が二人いる。いったん戻って、住まいを替えるつもりさ——いきなり悪かった。早いとこ、女と——シンジの野郎を見つけてくれ」

こう言うと、俠祇はタクシーへと駆け戻った。

走り出した車を見送りもせず、せつらは家へ戻った。


留守電をチェックすると、五五本のうち一八本が依頼であった。後は喘《あえ》ぎとともに切れている。せつらと会った連中が仕事とは別の用でかけ、途中でイッてしまうのだ。

依頼の検討は後に廻し、せつらは卓袱台《ちゃぶだい》の前に正座した。

ほうじ茶の入った湯呑《ゆの》みとザラメの大皿が並んでいる。

一枚とって、パリンとやったとき、チャイムが鳴った。

「ん——？」

手元のリモコンをテーブルのPCに向けた。三〇インチモニターのスクリーンに、訪問者の姿が出現した。

いない。

ふむ、とつぶやいた。三和土《たたき》で、

「いいかしら？」

女の声がした。

「気楽にどうぞ」

〈新宿〉には幾《いく》らもいる姿なき訪問者だ。

だが――気配が変わった。

新しいものが出現した――と見なした途端、せつらは〝探《さぐ》り糸〟をとばしている。

三和土を仕切るガラス障子《しょうじ》が音もなく開いた。入って来たのは、アロハシャツも派手なチンピラであった。

どこから見ても真っ当な人間だ。歪《ゆが》んだ顔は凄みを効《き》かしていたのだ。その面貌がたちまち崩壊した。

「こら驚いた」

虚ろな眼で、うわごとのように呻いた。親兄弟が近くにいれば、救急車を呼ぶだろう。

「サギリが惚れたっつうから、かましに来たが、こら無理もねえ。しかし、放っとくのも、おれの沽券《こけん》に関わる」

チンピラは右手を上げ――鳩尾《みぞおち》のあたりで停止した。

「なんでえ、手の内は承知かよ？」

ひと呼吸置いて、

「だけど――無駄だぜ。おれは前とは違う人間なんだ」

誇らしげに胸をそらし、右の手首から先が、ぼたんと畳に落ちた。

「これでもやるぜ」

落ちた手が自分の喉元《のどもと》に浮き上がる。

そこで、表情が変わった。

「しまった――怒るなよ、サギリ。出来ごころだ」

悪さを見つかった子供の口調で言い放つや、すう、と消えた。

代わりに、三和土に女の姿が見えた。

顔は若いが、それなりの歳《とし》とせつらは読んだ。

「あの――彼のこと、悪く思わないでください」

女は俯《うつむ》いて言った。頬は桜色である。

「思うけど」

「あたしが余計なことを打ち明けたばっかりに、現われてしまったの。本当はあなたに危害を加えるつもりなんかないんです」

嘘《うそ》いつわりのない哀訴《あいそ》であった。せつらにはどうでもいいことだった。

「サギリさん？」

「そうよ――どうしてご存じなの？」

「紅梅会の新星さんに捜索を依頼されました」

「――ということは、親分の依頼ね」

「いえ、彼は死にました。首がちょん」

せつらが首の前で指を横に動かすと、何となくおかしいが、よく考えれば、不気味この上ない。

サギリは眉を寄せた。

「――誰が殺したの？」

「第一容疑者」

せつらは足元を指さした。チンピラが消えた場所だ。

サギリはさらに眉を寄せて、

「そんなこと」

と言った。

はっと眼を見開いて、宙に据《す》えた。

「シンジ……」

語尾は先細りになって消えた。

「ごめんなさい。彼が呼んでるわ。また会えたらいいな」

背を向けて、ドアへと歩き出した。二人の訪問にも、一度として開かなかったドアである。

せつらは右手を見つめた。そこから放った妖糸は、肉に巻きついた手応《てごた》えを伝えてすぐ、地に落ちた。

「〝幽霊地点〟」

ぼんやりと口にした。

紅梅会の俠祇は、その夜、〈歌舞伎町〉のバーにいた。午後一一時でもう四軒目であった。彼自身もへべれけだ。嘔吐《おうと》数も一〇回を超す。

それなのに飲まずにはいられない。酔わずにはいられない。

　シンジとサギリを追い詰めた仲間は、次々に首を落とされ、最後に残ったのは、今や会長にのし上がった兄貴こと湯中と自分しかいない。

　異常な現象が生じているのはわかっていた。死を賭《か》けた出入りは何度となく経験し、ひとりで敵の組へ殴《なぐ》り込みをかけたこともある。平気とは言わないが、思ったより肝《きも》は据わっていた。

　それが今夜は――縮《ちぢ》み上がっている。泥《どろ》みたいに粘《ねば》っこい汗が次々に噴き出し、恐怖が悪寒《おかん》みたいに湧き上がってくる。いつ熄《や》むんだ？　何百回となく繰り返した問いだ。答えはとうにわかっている。けれどそれも同じ回数だけ――死ぬまでだ。

　五人の舎弟《しゃてい》が一緒だが、役には立つまい。人間ではどうにもならないのだ。

　強烈な感情は伝播《でんぱ》するものなのか、ついているホステスたちも、接待に落度《おちど》はないものの、いつの間にか酒を注《つ》ぐ手は震え、愛想《あいそ》笑いなど影も形もない。

　舎弟のひとりがトイレへと席を立った。

　三本目のレミーマルタンの口を開けたとき戻って来たが、席の横に立ったまま、腰を下ろそうとしない。

「おい、坐《すわ》れよ、〝弁慶《べんけい》〟」

　二メートル弱、一八九キロの巨体は、綽名《あだな》どおりだが、それでも動こうとしない。

「この野郎」

　二人立ち上がった。拳《こぶし》がまばゆい光を放った。

　指のつけ根が光っている。スチール製だ。戦車の装甲だって軽く打ち抜いてしまう。

「よせ」

　俠祇は一応止めてから、立ちっ放しの〝弁慶〟へ、

「坐れよ」

と命じた。

〝弁慶〟は両手を側頭部に当てて、ひょいと持ち上げた。

首は胴を離れて小脇に抱《かか》えられた。

「――てめえ!?」

愕然《がくぜん》となる子分や客やホステスを尻目《しりめ》に、首なしの胴体は、そのまま腰を下ろした。

「殺せ」

叫んで俠祇は立ち上がり――凍りついた。

戸口の方から、見覚えのある男がやって来る。

一同のボックス席の前で足を止め、男はにんまりと唇を歪めた。

「殺せ」

俠祇がもう一度叫んだ。その眼が見たものは、ぐんぐん下方へ遠ざかるテーブルやソファと、ソファにかけたまま首の切り口を探る自分であった。

ホステスの悲鳴が上がった。

せつらが駆け込んで来たのは、それから一分後であった。


俠祇がこの店にいると、紅梅会の人間から聞いてすぐやって来たのだが、彼が眼にしたのは、異様な光景であった。

店内は奥のボックス席を除いて尋常《じんじょう》な姿を保っていた。

客たちはソファの背にもたれ、ホステスの肩を抱き、煙草《たばこ》を手にしている。煙草の煙が細々と立ち上り、室内はそれとアルコールの匂いが満ちている。

ただ――全員の首がない。

どこもかしこも血まみれだ。

シンジと呼ばれるチンピラは、殺害を見境《みさかい》なしに切り換えたらしかった。

俠祇と舎弟たちの首を確認してから、せつらは店を出た。パトカーがその前に停《と》まった。特別料金を払えば、店内の監視ビデオ映像は、直接〈新宿警察〉のモニターへ送られる。

そのせいで、せつらの疑いはすぐ晴れた。

「逮捕するぞ、こら」

声をかけて来た貧相な刑事は、ひん曲がった「しんせい」を咥《くわ》えていた。自称「幸運に見放された男」――朽葉《くちば》刑事である。

「しかし、そいつは何者だ？　集団殺戮《さつりく》なんぞ、昨日も六件あったが、〈歌舞伎町〉では四日ぶりだ。いい度胸してるな」

すでに笑顔が戻っている。それでも、無精髭《ぶしょうひげ》に覆《おお》われた口元には精気というものが徹底的に欠けている。

「肺は？」

とせつら。朽葉は眼をショボつかせて、

「おお、あれから左を二回取り換えたよ。ほとんどサイボーグだ」

「幸運を」

とせつらは返した。

「一応、話を聞かせてくれんか？」

依頼の件は抜かして解説した。

朽葉はぼさぼさ髪を掻《か》いた。

「やっぱりな。この手口は、〝幽霊地点〟から出て来た奴のもんだ。六、七年前にも起きてる。あとひとりか――ま、人間の屑《くず》が減るだけだ。おれはシンジくんに拍手してやりたいが、無差別では放っておけんなあ」

シケモクを路上へ放って、

「あそこの組の若頭――今の会長だが、前から政権奪取に野心満々だったんだぜ」

「へえ」

「先代が射殺された――これは問題ない。だが、その犯人が女もろとも〝幽霊地点〟へ潜《もぐ》り込んだその日に、二代目を継ぐはずの息子が首を落とされた。シンジの奴が復讐《ふくしゅう》に来たのかもしれんが、現会長にとっちゃ間がよすぎる。そうは思わんか？」

「うーん」

唸《うな》ったのではない。吹き替えの口調である。

二代目殺害の件は、新星のデータにも含まれていた。

若頭がとび込んだら、二代目は首を失っていた。

だが、若頭にそんな超能力も武器もなかったことは、組員全員が証言している。

「ま、あんたにゃ直接関係ない話だが、たぶん、受けた依頼とこの殺戮は無関係とは言えまい。たまには捜査にも協力してくれや、な?」

「心臓の具合は?」

「ああ、もう六年になる。あまりよくないな」

「もう一度替える。それで事件は解決」

朽葉は苦虫《にがむし》を噛《か》みつぶした。自分の身が生死の淵《ふち》に立たされたとき、その代償のごとく、彼の事件は早く解決するのだった。

「やめとくよ。今度はイッちまうかもしれん。たかが、やくざの殺し合いに、生命を賭けるつもりはない」

「不良警官」

言い残してせつらは〈歌舞伎町〉の雑踏《ざっとう》へ出た。

すぐ尾行に気づいた。

気配は絶《た》っている。呼吸さえしていないようだ。

せつらは横丁へ曲がった。

二〇メートル先に空地がある。もとは〈準廃墟《はいきょ》〉だったものが、完全に安全と見なされ、鉄条網も撤去されて、今は草茫々《ぼうぼう》の捨て土地だ。

その中へ入り、正方形のほぼ中央で、ふり返った。

黒ずくめの男が身を屈《かが》めていた。右手を背に廻している。殺戮圏内へ入った刹那《せつな》、凶器が閃《ひらめ》くのだろう。

「昨日からうろついていた。誰に頼まれた?」

妖糸が男の腰に巻きついたと伝えて来た。

返事もなしで、男は地を蹴《け》った。

五メートルの跳躍は敵の虚《きょ》を衝《つ》くのに充分な効果を含んでいた。この街でなければ。

せつらは退《ひ》かなかった。

動揺が男の動きを狂わせた。

白光がせつらのこめかみへと走ったが、その軌跡《きせき》に乱れが生じていた。

せつらのかたわらに着地した右腕が、山刀《マチエテ》のような武器を摑んだまま落ちた。鮮血が後を追った。

左手で山刀をすくい上げ、頸動脈《けいどうみやく》に刃を当てたが、引き切る前に見えない糸に動きを封じられた。

「しまった」

とつぶやいたのは、せつらであった。

口腔《こうこう》の中から鈍重《どんじゆう》な灼熱《しやくねつ》音を噴き上がらせた男の顔は、無数の赤い破片と化して中空に躍《おど》ったのである。

おそらくは義歯の中に爆発物が仕込んであったものだろう。

破片の届かぬ場所まで跳躍し、せつらは首なし胴体が手に握った山刀を見つめた。


「紅梅会」の若党《わかとう》三人は、〈新大久保駅前〉のバー「桜台《さくらだい》」へ入った。みかじめ料の取り立てである。

「いらっしゃい」

出て来た女に三人の眼は吸いついた。全裸——と見えたのである。モデルか女優のように節制と鍛錬《たんれん》を経たボディラインを露《あら》わにしているのは、薄いペーパー・ドレス——であった。

乳房に腰に尻を貫《つらぬ》く男たちの視線に、女は弄《いら》うように身をくねらせて、三人を招き入れた。

「ひとりかい？」

「ええ」

返事と同時に、三人は襲いかかった。女の抵抗が、さらに欲情をそそった。

二人が押さえつけ、ひとりが剝き出しの腿《もも》の間に入った。女はパンティをつけていなかった。

腰を進めようとしたとき、

「はい、カット」

部屋の隅に立っている声の主に、三人はようやく気がついた。影に包まれていたのである。彼は右手にビデオ付きスマホを握っていた。

「てめえ」

三人は怒気《どき》を孕《はら》んだ声を叩《たた》きつけて立ち上がった。

影から現われた顔を見るや、歩けなくなった。

3

一時間後、「紅梅会」の会長室で現会長＝湯中陽市は、陶然と来客を見つめていた。

彼の手元には、若党三人のレイプ現場を録画したスマホが置かれていた。

「で、何だ？　金か？」

凄んでみたつもりだが、声にはまるで力が入っていなかった。

せつらは五〇センチほどの紙包みを破り、中身をテーブルに放った。

低いがかなりの響きを上げた品は、見ただけで手足がとびそうな山刀であった。

「これを使った刺客《しかく》は死んだ。自爆」


影から現われた男は言った。

「二度と僕を狙わないこと」

「おい、いいがかりをつける気か？　おれを誰だと——」

湯中は必死に気力をふり絞って相手を睨みつけ——すぐに崩壊した。

「〈警察〉で調べた。前会長の息子の首を落とした品だ」

「そうかい」

湯中はとぼけた。

「おれとは無関係だ。そんな物騒《ぶっそう》なものも、使った奴も見ちゃあいねえ」

「〈新宿署〉の署長が変わった」

とせつらは言った。

「名前を聞いた〈区外〉のやくざは死にたくなるそうだ。綽名は〝ゴロツキ殺し〟——趣味はやくざの虐殺《ぎゃくさつ》」

湯中の顔が凄惨さを帯びた。新署長のことはとうに知っていたのである。

せつらは山刀の刃を指で叩き、

「『紅梅会』が第一号か」

と言った。

「ある日、いきなり〈警官隊〉が乗り込んで来て、否《いや》も応《おう》もなく全員射殺——理由は、迷宮入り事件の中から幾らでも見つかる」

湯中の頬を汗が伝わった。ここは〈新宿〉だ。法はあって、ない。誰でも自由に操れる街だ。紅梅会？　ああ、チンピラが三人がかりで、バーのホステスをレイプしましてね。これから逮捕に向かいます。その必要はない。罪もない女の一生を滅茶苦茶《めちゃくちゃ》にした奴らだぞ。生かしておく必要が何処にある。組ごと始末しろ。逃亡した奴は、〈区外〉へ〈特捜〉を送って片づける。

「わかったよ」

湯中はようやく汗を拭《ふ》くことができた。眼の前に「美」があった。それは、人間が見てはならないものらしく、恍惚は理解できない恐怖に変貌を遂《と》げていた。

代謝は極限まで落ち、凍死寸前の身体《からだ》の中で心肺は停止へと向かいつつあった。

「確かに、それは二代目の首を落とした武器だ。あんたが動き出したと聞いて、向かわせたんだが、所詮《しょせん》は腕がいいだけの殺し屋じゃ、モンスターにゃ勝てなかったってわけか。もう誰も送りゃしねえよ」

「それはそれは」

「ところで、残りはおれひとりか？」

「はあ」

「シンジは見つかりそうかい？」

「知ってた？」

「ああ。新星から聞いてる」

「依頼は女性に変わった」

「ほお。サギリってキャバ女《スケ》か？」

「名前は合ってる」

「新星の野郎、女なんか見つけてどうするつもりだったんだ？　そうか、シンジの奴も芋ヅルか。いや、それなら最初からシンジを取っ捕まえても同じこった」

「無差別が始まった」

湯中は、へええと答え、ひと呼吸後に、張りつめた表情で、

「あいつがねえ」

と洩《も》らした。

「人間、別の世界から戻ってくると変わっちまうんだな」

「残りはひとり」

「おいおい、やめてくれ。こっちも手は打ってあるが、早いとこ、女を捜し出してくれや」

せつらは立ち上がって、ドアの方へ行った。ドアを開けてから、

「怖い？」

と訊いて、返事を待たずに閉じた。

湯中はソファの背に沈んだ。

滝のように汗が噴き出した。

鉄製の灰皿を掴むや、ドアに叩きつけた。貫通した。

「怖《こえ》えに決まってるじゃねえか！」


翌日は朝から灰色の雨が降った。

せつらが向かったのは、〈区役所〉の「気象部予報課」であった。

〈新宿ＴＶ〉の予報では、今日は一日快晴のはずだ。

受付の女の子に訪問相手の名を告げると、奥の方でパソコンの気象図を見ていた男がやって来た。

何もかも細っこい、パソコン叩きで一生を送れそうだ。まだ三〇代だろう。

「丹波《たんば》ですが、何か？」

感情を消したつもりだろうが、声も眼も虚ろだ。

「弟さんのことで」

とろけた顔に、絶望の色が少し走った。

「あいつですか？　もう五年も会っていませんが、何か？」

「人を殺して廻っているらしいのです」

この辺、せつらに容赦《ようしゃ》はない。

「そんな……。あいつが組へ入るとき……絶対に私に迷惑をかけるな、と言ったのに……向こうも約束したんですよ」

「会ってない？」

せつらに関心があるのは、これだけだ。

「ええ、全く」

「ご両親は〈区外〉で？」

「ええ、まだ健在です」

そう答えたとき、丹波のデスクで電話が鳴った。すぐに胸ポケットに転送される。

「失礼」

と耳に当て、

「はい、私です」

何かが男の中から失われていくのを、せつらは感じ取った。

「そうですか。すぐ伺《うかが》います」

と言って切るまで、三〇秒とかからなかったろう。

男の顔は死人のそれと化していた。

「両親が昨夜、殺されたそうです。警察からで、首を落とされています……あいつか……」

「……シンジさん？」

「おれは可愛《かわい》がってもらいましたが、シンジはどういう理由《わけ》か毛嫌いされてました。一五でやくざの世界へとび込んだのは、そのせいです。しかし、親の首を……今頃になって……」

男はすぐに戻ると伝えて、いちばん窓際のデスクにかけた禿頭《はげあたま》のところへ行った。帰宅を申請しているのだろう。近くの連中がふり返った。

自分の両親も惨殺《ざんさつ》する――狂気に捉《とら》えられれば、少しも不思議な行為ではない。だが、その矛先《ほこさき》は次に誰に向けられるか。

せつらは〈区役所〉を出た。

雨は降り続いている。

背後で誰かが呼んでいた。梶原《かじわら》〈区長〉に似ているような気もしたが、せつらはふり返らなかった。


腹の底から言いしれぬ感情が込み上げて来る。彼の職業にとって、最も否定しなくてはならないもの――恐怖だ。

畜生《ちくしょう》、とつぶやいて、湯中は胸骨《きょうこつ》を叩いた。それでも去らなかった。そこに腫瘍《しゅよう》のごとく貼りついて、やくざの頭が敗北するのを待ち続けている。

もう一度、畜生と叫んで、湯中はスマホを〈大京町《だいきょうちょう》〉の自宅につないだ。

出た。

「おれだ。そっちに異常はねえか?」

声が聞きたくてかけたと女房に告げるわけにはいかなかった。

「あります」

「何ィ?」

思わず立ち上がったのは、内容に驚いただけではなく、声の主が別人だと気がついたためだ。

「誰だ、てめえは!?」

「ご家族は、みな亡くなられました」

女の声は、陰々《いんいん》と降り注《そそ》ぐ雨に似ていた。

はっと閃いた。

「シンジの女《スケ》か!!――おい!?」

電話は切れた。

おい、と四回叫んでから、子分を呼んで自宅へ急行させた。

昨日やってきた美しい若者の言葉が、頭の中を駆け巡《めぐ》った。

無差別が始まった、と。

「おれの家族までか。いや、待てよ」

それから、シンジを追いかけた子分たちの自宅へかけてみた。

誰も出なかった。

「出かけてるんだ」

インターフォンで、近くの喫茶店からコーヒーを取れと命じた。はい、と応じる声を聞いて、少し緊張が緩《ゆる》んだ。

「やっと手に入れた縄張《シマ》だ。おめおめ横取りはさせねえぞ。手は打ってあるんだ」

一〇分ほどして、ドアが叩かれた。

「入れ」

女が盆を掲《かか》げて入って来た。瞼《まぶた》が限界まで開くのを、湯中は止めることができなかった。

サギリは黙って、湯気の立つコーヒーその他をテーブルに置き始めた。

「て、てめえ――シンジは何処だ？」

「逃げな」

とサギリは、汗みどろの顔を見つめて言った。

「なに⁉」

「下の連中は、みんな殺《や》られちまった。残りはあんたひとりだ。無駄かもしれないけど、いま助かりたけりゃあ逃げろ」

「――てめえ、なんでそんなことを？――シンジもいるんだな」

サギリの眼差《まなざ》しは、むしろ同情に近かった。

「だらしがないこと。二代目まで手にかけた野心家なら、もっと性根《しょうね》を据えたらどうだい？」

「な、なにぬかしやがる⁉」

「あたしたちを見失って戻って来たとき、前もってこの部屋の窓の外に呼んどいた殺し屋を、鍵を外して入れて、二代目まで始末させた。出て行くまで五秒とかからなかったそうね。後は鍵をかけて、上がって来た連中に知らせりゃ済んだ」

「……………」

「みんなわかるのよ。〝幽霊地点〟へ入るとね。あと二カ所――あそこじゃどうなるのかしら？」

「出て行け。そんな嘘っぱち、誰も信じやせんぞ」

「ただの指摘さ。たとえまともな人間じゃなくても、あんたの嘘をひっくり返せる女がひとりいるって思い知りゃ、知らん顔にも汗が浮かぶからね。けど、安心しな、あたしたちはあんたをどうこうする気はない。別のことをしたくてやって来たんだよ」

「や、やかましい。失《う》せろ！」

卓上のコーヒーポットを摑むや叩きつけた。

それは何もない空間を通過してドアの表面にぶつかった。湯気と芳香がとび散った。

「ど、何処行きやがった？」

湯中は四方を見廻し、声を張り上げた。

「この縄張は、絶対に渡さんぞ」

「——誰も欲しくねえとよ」

声は背後でした。

湯中は風を巻いてふり向き、窓の前の人影を認めた。

「シン——おまえか⁉　真城⁉」

「ああ。あんたに無理矢理、〝幽霊地点〟へ放り込まれた虫ケラよ。けど今は感謝してるぜ。一切《いっさい》のためらいなしで、どいつも殺せるようになったからなあ」

「まさか——今までの殺しは——みんな……」

「おお。おれさ。シンジは指一本動かしちゃいねえよ。あの女《スケ》もそうだ」

「なんで——家族まで……」

青ざめた三下は、幽鬼《ゆうき》のような顔を歪めた。笑ったのである。

「あんたの家族だからよ。わかるだろ？」

「この——化物が！」

湯中は右手をふった。隠し玉への合図であった。

天井から壁から床から、保護色《カメレオン》スーツを着た男たちが六人、真城を取り囲んだ——同時に、灼熱の気が彼に吹きつけ、全身を炎で包んだ。

そこまで三秒——炎が氷柱《つらら》に変わるまで二秒——三人の〝燃焼人〟と同数の〝冷却魔〟を雇《やと》うには、六〇〇〇万円を要したが、それでも計算に合うと湯中は判断した。

ミスだと知ったのは、六つの首がたちまち床に落ちるのを見たときだ。真城は平然と立っている。

悲鳴を上げて、デスクの引出しを引いた。拳銃が入っている。

湯中の首は、何ら劇的な動きもなく落ちた。

先の六人の首からなおも血は噴出し、濃密な臭いが漂いはじめた。雨音が聞こえた。床に落ちた七つの首は互いを笑い合っているとも、睨み合っているとも見えた。


湯中の死を、せつらは「紅梅会」近くの公園で知った。巻きつけておいた妖糸は充分な情報を伝えて来たが、湯中の死は彼とは無縁だった。

ビニール傘が雨を弾《はじ》いている。人の姿はなかった。

急に現われた。五メートルほど前方に――真城であった。雨が全身を叩いた。

「おめえの番だぜ、色男」


殺人鬼の虚ろな声は、しかし、せつらの顔を見た例外にはなり得なかったと告げていた。

「無関係」

せつらの声は、雨音より小さく、美しく響いた。

彼の目的は真城の捜索ではないのだ。

「そうはいかねえ。おらぁな、親爺の女に惚れてたんだ。ところが、サギリめ、おめえと会った途端に他の男はどうでもよくなっちまった。シンジとも別れる気らしいぜ。な、わかるだろ？」

「全然」

真城に巻きつけた妖糸は音もなくその身を腰で二つに断《た》ったはずであった。

「無駄だよ、〝幽霊地点〟出身だぜ」

真城が右手を上げた。空中のひと引きで、せつらの首は落ちる。

だが、喉の奥で不気味な呻き声を上げるや、殺人鬼は両手で自分の首を押さえた。

その全身がぼやけ、空気に溶け込む寸前、頭部は手を離れて落ちた。

　代わりだというふうに現われたひと組の男女は、何ともいえぬ光を湛えた眼で、せつらを見つめた。雨が顔を濡《ぬ》らしている。

「あいつを殺せるのは、おれたちだけさ」

　とシンジは、吐き捨てるように言って、サギリを睨みつけた。

「今でも、助けたかねえんだ。だが——仕様がねえ」

「ありがとう」

　サギリはシンジの腕に手を巻いた。

　それだけで消えた。

　気配も声も残らない。

　思いも、また。

　サギリの捜索を求めた依頼主はもういなかった。仕事が終わったことだけは確かだった。

　せつらは公園の出口へ歩き出した。

船人《ふなびと》の歌

1

その日、〈メフィスト病院〉から、ひとりの患者が退院した。

名はヨーゼフK。

それ以外はわからない。いや、名前も〈病院〉でつけたものだ。

彼の病室を掃除しに行った女性スタッフは、眼を丸くした。この部屋を担当するのははじめてだった。

何よりも印象的だったのは、ある匂《にお》いであった。それは〈区外〉のある町の出身である彼女にとって、ひどく懐《なつ》かしいものであった。

ドアを開けたまま、その空気を吸い込み、女性は涙を流した。

〈ハイアット・リージェンシー〉の管理責任者に会いたいという男の全身からは、堂団《どうだん》には嗅《か》いだことのない匂いがした。鼻孔《びこう》を強く刺激するそれは、決して嫌なものではなかった。ずっと昔のことを、〈区役所〉の〈廃墟《はいきょ》管理部〉部長は、ゆったりと想起した。

来客の望みは、一階ロビーの無期限貸出であった。

「できません」

と堂団は拒否した。ホテルはまだ、〈第二級危険地帯《セカンド・デンジャラス・ゾーン》〉の指定が解除されていない。悪霊《あくりょう》、妖物《ようぶつ》の横行する魔境と言ってもいい。

何が起きても、〈区役所〉に迷惑はかけない、と男は鉛のような声で言い、誓約書も出すと、重そうな布袋をテーブルに置いた。

中身の硬い音が、堂団にある想像をさせた。

「何です?」

一八世紀のスペイン金貨だ、と男は答えた。ひと月の賃貸料だが、今の貨幣価値に直せば、一億円は

超すと言われ、堂団は即座に、

「承知しました」

とうなずいてしまった。

春——五月はじめの一日であった。


ひと月後の晩、〈新宿〉に霧が出た。

窓の外を流れる——というより、白く埋めていく濃霧を見ながら、三丁目のバー「海賊《パイレーツ》」のママは、カウンターで「シャーリー・テンプル」をちゅうちゅう飲《や》っている黒ずくめの客に、

「〈船長〉のお帰りよ」

と顔を見ずに声をかけた。魔法をかけられてはまずい。営業中だ。

客は手のグラスを軽く上げただけだが、この若者なりの歓迎であることは、ママにもわかっていた。

四人ばかりいる他の客のひとりが、西側の壁にはめ込まれた巨大な水槽を指さし、驚きの声を上げた。

「みんな死んじまったぜ」

今の今まで酸素の泡の中を泳ぎ廻《まわ》っていたミッキーマウスプラティも、神秘的とさえいえるヒレの美しさを誇るベタも、カージナルテトラも、下半身の赤が見る者を魅了するネオンテトラも、だらしなく腹を上に漂《ただよ》っているではないか。

「あらあら」

ママは苦笑した。今夜の客たちにははじめての現象だろう。

「何が怖いのかしら、〈船長〉さんが帰るとみんなこう」

「誰だい、その〈船長〉さんてのは?」

その問いに答えるかのように、蝶番《ちょうつがい》のきしみと白い霧が同時に流れ込んで来た。

そちらへ眼を向けた者は、船員帽に夏だというのに分厚い防水コートを着て、アイスボックスを肩からかけた長身の男を目撃したのである。

「お帰りなさい、ディッケン船長」

とママが言い、カウンターの若い客が右手のグラスを上げた。

「相変わらず、女の飲みものだな」

男は海の向こうの言葉で言った。オランダ語と気づいたのは、ママとグラスの客だけだ。

〈船長〉は店内へ入ると、もうもうたる霧の奥に眼をやって、

「入れ」

と声をかけた。

二つの影が、忍び入るように入って来た。

年配の男女だ。ひと目で夫婦と知れた。男は〈船長〉と同じコート、女は身に貼りついた青いドレス――百年前の服装だ。

「仮装パーティかよ」

客のひとりが呆《あき》れたように言ったが、笑う者はいない。

「ミスター・ブリッグスと奥方――ミセス・サラだ」

〈船長〉はこの国の言葉で紹介した。

「彼も現役の船長だ。会えるとは思わなかったが」

「こちらへ」

ママがカウンターを出て、奥のボックス席を勧《すす》めた。

シャーリー・テンプルの客の後ろを通るとき、〈船長〉のほうから、

「久しぶりだな、ミスター〈新宿〉」

と声をかけ、肩をひとつ叩《たた》いた。

席に着くと、〈船長〉は、バタード・ラムを三杯注文し、

「いい男だろ」

とせつらの方へ顎《あご》をしゃくった。眼は閉じている。

「本当に」

場違いなところに迷い込んだように身を固くしていた夫人がうっとりとうなずき、顎鬚《あごひげ》も見事なブリッグスは、それに感嘆の声を加えた。

「海なら大概《たいがい》のことは知っているが、地上でこんな驚きに遭遇するとはな。いや、海にもおらんぞ」

「お若い方――声を聞かせてくださらない？　名前を教えてくださいませな」

「秋《あき》せつら」

「いい名前だわ。凪《なぎ》の海のよう」

サラ夫人は満足そうであった。

「それに――何て美しいお声」

「全くだ」

ブリッグス船長も同意した。

「どちらで？」

カウンターの上にグラスを並べたママが訊《き》いた。

「アゾレス諸島の西約一〇〇マイル」

ママは、あら？　と洩《も》らして眼を細めた。すぐに頭をふって、三人のテーブルに湯気の立つグラスを運んだ。記憶の掘り起こしは中断したのである。

「行く当ては？」

ママが重ねて訊いた。ディッケン船長が連れて来るのは、そういう客ばかりなのだ。

「ある」

とブリッグスが答えた。

「だから、おれたちはここへ来た。長い長い旅の途中でな」

「あら――じゃあ、また海へ？」

「船乗りの帰るべき場所は、固い土の上じゃあない」

「そうでした、そうでした」

そそくさと身を起こしたママへ、〈船長〉がアイスボックスを突きつけた。

「ささやかなものだが」

嬉《うれ》しい、とママは眼をかがやかせた。

「今回は何メートル？」

「ざっと三〇〇〇尋《ひろ》――メートル換算は任《まか》せる」

間髪《かんはつ》入《い》れず、

「五五〇〇メートル――深海かい？」

客のひとりが訊いた。暗算が得意技らしい。

ボックスの中で、激しく動き廻る音と気配が生じた。

「ありがとう」

ママがバッグを肩に、よろよろとカウンターの後ろへ戻った。

「さばくのは明日で大丈夫だ」

とディッケン船長は保証し、カウンターの客――せつらの方を向いた。

「たまには海へ出てみないか？　沖から眺《なが》める陸の光も格別だぞ」

「最初から光の中に」

とせつらは返した。珍しいことだ。

一気にラム酒を飲み干し、三人は立ち上がった。

「――縁があったら、またな」

ディッケン船長を先頭に三人が出て行くと、また流れ込んで来た霧が、店内のあらゆるものを影のように見せた。

「――何をしに戻って来たのかしらね、あの二人」

ママが疲れたように言葉を紡《つむ》ぎ出した。

「アゾレス諸島の西一〇〇マイルで見つけた二人――ブリッグス船長の最後の航海日誌に記された位置ね。それから一〇日後の一八七二年一二月四日、ポルトガル沖を漂《ただよ》っていた『マリー・セレスト』号は、カナダ船籍の『デイ・グラチア』号に発見された。人っ子ひとりいない状態で」

しん、と店内が鳴った。

「何をしに戻って来たのよ、ブリッグス船長？　世界一呪《のろ》われた船の操《あやつ》り手」

「おや」

とせつらが言った。どんな忌《い》まわしい状況でも変わらぬのんびりした声で、

「生き返った」

水槽の魚たちは、生ける死者の来訪を過ぎた中世の村人のように、生き生きと水中を泳ぎ廻ってい
た。

せつらが、〝〈ハイアット・リージェンシー〉の大工仕事〟について耳にしたのは、それから二日後のことである。

ホテルのロビーから、日がな一日、木を切る響きや釘《くぎ》を打つ音、鉄板を叩く轟《とどろ》き等が洩れて来るのだという。

物好きが、危険を冒《おか》して盗み見をしても、分厚い板がロビーの出入口は勿論《もちろん》、ホテルの全窓をふさぎ、これが、ただ立てかけてあるだけかと思ったら、どういう仕組みか、びくともしないときた。

「ありゃ、妖術か魔法だ」

と言い出す連中が当然出たが、工事の歴史に詳《くわ》しい奴《やつ》が、

「確か古代エジプトで、〝密閉工事〟てのがあったらしいぜ。大事な神殿やら霊廟《れいびょう》やら船やらを造るときは、その秘密をよその国に盗まれないよう、現場を木や菰《こも》で覆《おお》うんだが、そこで魔法使いが呪文《じゅもん》を唱《とな》えると、外からは絶対入れないようにできたそうだ」

「しかし、なに造ってるんだ?」

「それより、大工は何人いるんだ? 休みがねえから、何人もいるように聞こえるが、耳を澄ませてみな。釘打ちが終わると鉋《かんな》がけ、それが終わると板組みだ。つまり、ひとりでこしらえているんだよ」

「だけど、おめえ、音は上からも下からも聞こえるぞ。それに滅茶早《めちゃはや》え。どうやってひとりでできるんだ?」

このような話が、〈歌舞伎町《かぶきちょう》〉のバーで交《か》わされるようになってから、しばらく後、せつらはふと、「海賊」へ足を運んで、シャーリー・テンプルを注文した。霧深い晩であった。

そこへディッケン船長がやって来たのである。

まっすぐカウンターの隣へやって来た〈船長〉から、せつらはブリッグス夫婦を捜《さが》してくれと申し込まれた。

「大至急頼む。監視はつけておいたんだが、ちょい

の間に逃げられた」

「犯罪者？」

逃げた、とはそういう意味だろう。この場合、せつらの言葉が指す相手は、夫人か船長か、或《ある》いは両方か。

「いや、もっと危険だ」

えー？　とママが眼を剝《む》いた。

「彼らは何をしに戻って来たのよ？」

「おれにもよくわからん」

〈船長〉は首の後ろを叩いた。ママがささやくように、

「海の上で漂流者を見つけたら、すぐに救出しろ——これは人間の愛他精神が基《もと》になっているけれど、人間《ひと》が海を渡りはじめてからしばらくの間、見殺しにしろ、が常識だったわよね」

「そうだ」

と〈船長〉が返した。

「救い上げた漂流者が、もとの人間とは限らなかったからだ」

店は沈黙の胸に抱かれた。客たちはカウンターを見つめ、せつらだけが、世界一愛くるしいと謳《うた》われた少女俳優の名をつけたカクテルを、ちゅうちゅう飲《や》っている。アルコールはなしだ。

「特に霧の中からやって来るボートや筏《いかだ》には気をつけろ。そいつらは別の世界から流れ着いたのかもしれん」

「そうよ、マリー・セレストの二人も」

「世界一呪われた船から消えた二人——この世へ現われた理由はおれも知らん。だが——」

「何処《どこ》かへ行ったことは？」

これはせつらの問いであった。つまり、もう依頼を受けると決めたのだ。

〈船長〉は答えた。

「〈メフィスト病院〉だ」

「来た」

と白い医師は言った。翌日の昼である。

「用件を知りたい」

「ある患者に会いたいと言って来た。すでに退院していたが」

「名前と連絡先を」

「個人情報を教えるわけにはいかんな」

「そこを何とか」

「帰りたまえ」

メフィストは冷やかに言った。

丁度、コーヒーとソーダ水を運んで来た女性スタッフが、ああと喘《あえ》ぎながら床に倒れた。呼吸が荒い。

冷厳《れいげん》とさえ言えるメフィストと、眼を閉じたせつらの表情に苦悶《くもん》の翳《かげ》を見て、堪《たま》らなくなったらしい。

「藪《やぶ》」

小さく捨《す》て台詞《ぜりふ》を吐いて、せつらは退去した。


〈靖国通り《やすくに》〉へ出てすぐ、消防車のサイレンが幾《いく》つも流れて来た。〈中央公園〉の方角だ。黒煙が一条《ひとすじ》天に挑《いど》んでいる。家が近い。

次に廻る場所には二時間の間があった。

火元は〈ハイアット・リージェンシー〉であった。廃墟は基本的に〈区〉の管理下にあるので、事あればパトカーも救急車も駆けつける。

正面玄関に消防車と隊員が集まっていた。消火液のホースがうねくりながら内部《なか》と消防車をつないでいる。炎は見えなかった。酸素ボンベとマスクをつけた隊員がひとり、煙の中から現われた。

肩や胸にとび散った火《ひ》の粉《こ》を払いながら、上司らしい隊員に近づき、報告を済ませて消防車の方へ歩き出した。止まらずに通りを渡って、現場を囲む人混みにまぎれた。ぎこちない動きであった。

それも抜けて、〈ヒルトン東京〉の玄関へ。柱の向こうに世にも美しい若者が待っていた。

金縛《かなしば》りが解《と》けた。

「君は？　身体《からだ》が勝手に動いた。声も出んかった」

「燃えているのは何？」

単刀直入《たんとうちょくにゅう》に訊かれた。

打ち明けられる状況ではない。だが、美しい魔法はすでに隊員の意志を奪っていた。

「船らしい」

「船？」

「ああ。しかし、誰がいつあんなおかしな形の船をこしらえたんだ？　あそこの縦長ロビーいっぱいに作って、しかも、ちゃんと船とわかるんだ」

「製作者は？」

「わからん。おれたちが到着したときはもう誰もいなかった。知ってるかどうか知らんが、あそこは半月前から今日まで、誰も入ることができなかった。火を出したので、やむを得ず通報したんだろう」

「全焼？」

「いや、半《なか》ばで消し止めた。再建は難しい――とは言えん。何せ、この街だ」

それにはせつらも同感だったろう。

「積荷は？」

「何も。三層に分かれていたが、荷物は何ひとつ――いや、待てよ」

「はい」

隊員は軽く頭をこづいた。

「――いちばん下の船倉に、鏡があったな。半分溶けてたけど、普通の化粧鏡だ。何であんなものが？」

自分も少し首を傾《かし》げてから、せつらはどうも、と応じて、なお黒煙熄《や》まぬホテルの方へ歩き出した。

その深更《しんこう》。規制線《キープ・アウト・テープ》が貼られたホテルの内部に人影が生じた。

焼け残った部分は、確かに船らしさを保っていた。一種の円錐《えんすい》と見える下方部分は水切り《バルジ》を備えた船舶の態《てい》を整えているし、三層――一五メートルを超す船体も半ば焼け落ちてはいるが、残りだけで三角帆に似た全体を想像することはできた。

　玄関のドアから月光が忍び込んではいても、内部は完璧な闇に近い。その中で、人影は船体の周囲を巡《めぐ》り、左舷《さげん》の破損部から船内に入ろうと試した。

　その足が止まった。

　彼は首だけ動かして左前方を見た。闇の奥から低い歌声が流れて来たのである。

　男の声だ。

戻って来い
血と涙を吸い込んだ固い大地と石の道から
優雅と美を漂わせる海へ
戻って来い
がさつで金貨しか求めぬ陸人《りくびと》どものところから
雄々《おお》しき風に生命《いのち》を託す船人《ふなびと》の下《もと》へ
果てを知らぬ海原《うなばら》　陸よりも巨大な大渦巻
七つの月まで手をのばす大海魔《クラーケン》
そここそがおれたちの故郷《ふるさと》だ

2

「やめろ」

と呻《うめ》いた人影は、ベンジャミン・ブリッグスであった。茶色い顎鬚を震わせ、

「ヨーゼフKは——何処にいる？　船はまだ渚《なぎさ》の前で立ちすくんでいるぞ」

　何処の国の言葉でもなかった。歌声と同じだ。

「奴は逃げた」

　と闇が答えた。異様に手足の長い影が滲《にじ》んでいた。それはこう続けた。

「仲間が追っている。だが、おまえを始末すれば、その必要はなくなる」

「そうはいかん」

　とブリッグスは返した。

「この船は征伐《せいばつ》船だ。世界を呪う海賊どもに引導《いんどう》を渡す役がある。おれはまだ死なんぞ」

影が滑《すべ》り寄って来た。

「マリー・セレストに戻るか、ブリッグス」

何処の国の言葉でもない。だが、意味は伝わった。

躍《おど》りかかって来た影の手を避けて、ブリッグスは船内へとび込んだ。

影が追って来た。

「おれが、おまえの捕縛《ほばく》か殺戮《さつりく》のために授《さず》かったものを見せてやろう」

影は黒い防水コートを着たソフト帽の男に化けていた。コートのポケットから取り出したのは、大型の三角定規に似てはいるが、何処かいびつな形の品であった。

コート姿はそれを右方の壁に叩きつけた。

自らを抱くようにしてのけぞったのは、ブリッグスであった。

見よ、眉間《みけん》に頰《ほお》に胸に鳩尾《みぞおち》に、血の染《し》みが羽を広げていく。右舷の厚板が一斉に竜骨《キール》から剝《は》がれ落ちた。

それまでこれらを止めていた釘が、すべてブリッグスの全身に打ち込まれたと誰が信じられたろう。

「あと一〇回も叩けば、おまえの船は分解する。さぞや気落ちするだろう。何なら自ら生命を断つか？」

「断わる」

ブリッグスの口腔《こうこう》から鮮血が迸《ほとばし》った。だが、同時に別のものも。

今度は男がのけぞる番であった。

一本の釘がその眉間を貫《つらぬ》いていたのである。

「見ろ」

ブリッグスは血まみれの口で、にっと笑った。

「おれも力を与えられた。マリー・セレストを海の果てに導《みちび》いたものに。この船は必ず完成させてみせるぞ」

「夢を語るな、夢を」

眉間から太い血の帯を引きながら、男は偽定規を左側の壁に叩きつけた。

すべての釘がブリッグスに集中し、ついに彼は片膝《ひざ》をついた。

「くたばれ」

言葉ならぬ言葉は途中で止まった。男はブリッグスに近づき、その頭部に偽定規を叩きつけようとしたのだ。

手を空中で止めたものは、見えざるチタンの糸であった。

男は入って来た破れ目を見た。

ゆっくりと、かがやきが入って来た。それは黒いコートの若者に身をやつしていた。

「きさま……誰だ？」

言葉にならぬ言葉を、せつらは理解した。

「人捜し屋。船長は頂《いただ》いて行く」

「今夜はここまでか」

男はよろめいた。

右手で眉間の釘を摑《つか》んだが、びくともしなかった。

「その船長も船大工もじきに捕まえる。この船をわれわれの海には浮かべさせん」

突然、身を沈め、水しぶきとなって消滅したせいで、男の言葉はせつらの胸に強く叩きつけられた——かもしれない。

「この手があったか、むむむ」

しかし、慚愧《ざんき》のこもる内容とは裏腹に、声は茫洋《ぼうよう》と流れた。

「どーも」

ブリッグスへの挨拶《あいさつ》も同じだ。

「ディッケン船長からの依頼です。同行願います」

「悪いが、そうもいかん」

ブリッグスは息を吸い込み、全身に酸素を行き渡らせた。足元の床が硬い音をたてた。全身から抜け落ちる釘の響きであった。

「ディッケン船長に拾われたとき、何とか逃げきったと思ったが、やはり追って来た。次に会ったら確実にやられる」

「この船は？」

せつらが訊いたのは、やはり今の戦いで興味を引かれたせいだろう。

「マリー・セレストに次ぐわしの愛船になるはずだ」

「ぼろぼろですが」

「この程度なら、ヨーゼフKがいれば、三〇分で元通りだ。彼が奴らに捕らえられなければの話だが」

「〈メフィスト病院〉から退院した？」

ブリッグスはうなずいた。

「彼は紀元前から船を作っている船大工だ。長いこと入院していたが、今度の件でようやくその腕を発揮することになったのだ」

「この船を燃やしたのは？」

「あいつらだ」

「新しい航海の目的は？」

こう言いながら、せつらは船体を見ようともしない。

「奴らの海の征服だ」

「遠大な計画」

揶揄《やゆ》とも取れるひとことにも、ブリッグスは怒りの色を見せなかった。却《かえ》って、船乗りらしい赤銅《しゃくどう》色の厳貌《げんぼう》には、悲痛と――憎悪の色が揺曳《ようえい》した。

「呪われた船マリー・セレストが、わしと妻とを導いたところは、霧深い海の果てだった」

ブリッグスは遠い眼をした。メフィストなら、そこに映るものが見えたかもしれない。

「われわれ――都合一〇名は、この海に生きる人々に救われた。しかし、彼らはわれわれの世界のことを知ると、恒久《こうきゅう》的な往来を望むようになった。その望みの中に、私は異様に強大な征服欲を感じ取ったのだ。ひと月を過ごしただけで、私は妻と脱出した。そして、ディッケン船長に救われたのだ。あの男も普通の船長ではあるまい」

「さまよえるオランダ人《フライング・ダッチマン》」

ブリッグスは、肩でひとつ息をした。

「あの帆船《はんせん》、時代錯誤の服装、そしてオランダ人だったのか。これは驚くべき救い主だったな」

霧深い夜、〈船長〉は帰って来る。波音と潮《しお》の香りとともに。不可思議な航海ですくい上げた者とともに。

数百年前、喜望峰《きぼうほう》の嵐に足止めされたとき、神を呪い悪魔の助けを求めて永劫《えいごう》のさすらいを命じられた〈船長〉を、〈魔界都市〉はその名にかけて迎え入れるのであった。

ブリッグスは船内を見廻した。

荒野のごとく焼け崩れたその中には死を超えた空《くう》虚《きょ》のみが広がっていた。

彼は息を吸い込んだ。

「潮の香りを嗅げ。『マリー・セレスト』は、まだ生きているぞ」

マリー・セレスト
マリー・セレスト
呪われた船名を、彼は戦いの船の名に選んだのだ。

「私はこの船で奴らの海へと戻る。ディッケン船長の下へも赴《おもむ》こう。だが、君が人捜しを業とするのなら、ヨーゼフKを捜してくれ。彼なしでは、この船の修理ができん。奴らの攻撃はさらに激しさを増すだろう。Kの捜索と発見——それがディッケン船長と再会させる条件だ」

「倍々ゲーム」

とせつらはつぶやいた。

「敵はここへも来ます」

と言った。

「わかっている。だが、私にも防禦策《ぼうぎょ》はある。ヨーゼフを捜し当てるまで何とか凌《しの》いで見せよう」

「ディッケン船長にも伝えます」

「任せよう」

「ご健闘を」

「ありがとう」

せつらは船を出てから、身体を廻し、ようやく奇妙な船をしげしげと見つめた。

七つの海と大陸の運命は、この小さな船にかかっていた。

いや、〈魔界都市〝新宿〟〉に。

いや、世にも美しい、ひとりの人捜し屋《マン・サーチャー》に。


二日後の晩である。

そのバーのスタッフは、年配の代理ママと若いホステス、二人の中くらいのバーテンだけであった。

客は入口に近いボックス席の会社員三人と奥のボックス席にいる女性ひとり。二三時を廻った頃合いとしては、まあまあの入りである。

じっとりと暑いせいで、クーラーは効《き》かせてあるが、室温は下がったものの、空気が妙に粘《ねば》つく。

ママが欠伸《あくび》をひとつしたとき、新しい客がやって来た。

季節に逆らうようなゴム引きのコートを着たゴマ塩頭の外国人であった。アラブ系に違いない。

彼は真っすぐカウンターの方へやって来たが、急に足を止め、右方の壁に近づいて、その表面に右手を当てた。右へ動かし下へ下げた手つきは、愛撫《あいぶ》のようであった。

厳《きび》しい顔つきが急に険《けわ》しくなった。

「この壁、修理していいか？」

と訊いた。片言の日本語であった。

ママとバーテンが顔を見合わせると、

「釘一本で、建てたときより頑丈《がんじょう》にしてやろう」

コートの左のポケットから二〇センチもある大釘を一本、右からハンマーを抜き取ったのを見て、ママが、

「ちょっと――何するの⁉」

と声をかけた。バーテンはカウンターの下に隠してある旧式のアメリカン・ルガーに手をかけた。

「一本だよ、ほんの一本でこの店は生き返る。おれは何百隻《せき》も試してきた」

二つの品を手にした男は、大ボラとしか思えない台詞を頭から否定し得ない厳粛《げんしゆく》な雰囲気に包まれていた。

誰も何もできないでいるうちに、この奇妙な客は、今まで撫《な》でていた壁の一点に大釘を当て、ハンマーをふりかぶるや、声もなく一撃を送り込んだ。

スタッフと客たち全員の視線が注がれるのも気にせず、満足そうに、

「よし」

とうなずく姿は、大手術を成功裡《せいこうり》に終えた医師のように見えた。

「お客さん」

とママが声をかけたとき、蝶番がきしんだ。

床を踏む音と同時に、歌声が流れて来た。

これも分厚いコート姿の二人の男が、戸口で口ずさんだものだ。いつやって来たのか、彼らの姿を見た者はいない。

先の客はハンマーを手にしたまま、両手で耳を押さえた。

「やめろ。おれは戻らんぞ!」

それはいかなる国の言葉とも知れなかったが、意味はわかった。

「いいや、来い」

と二人組のひとりが前へ出た。両手を突き出した。もうひとりは、歌い続けている。

「うるさい!」

最初の客は絶叫しながら、ハンマーをふり上げ——一回転して崩れ落ちた。

「陸の上だと手間をかけやがる」

二人組のひとりが小さく吐き捨てて、男に近づいた。

「海賊」のママからの電話を受けて、せつらが駆けつけたとき、ディッケン船長はすでに到着していた。

ママは、一時間ばかり前の出来事を話し、

「みんな記憶が飛んでてね。絶対に確かだとは言えないんだけれど、まず間違いないわ。みんな記憶が混濁している上に、溺《おぼ》れかかったみたいで、目下入院中。私が出先から戻ったら、全員倒れてるじゃあないの。びっくりしたわよ」

「最初の客が倒れた後のことは？」

せつらの問いに、ママは首を横にふった。

「全員、記憶になし——といっても、スタッフに訊いただけだけどね。お客さんたちも同じだと思うわ。今日はいつものメンバーが休みで、急ぎ別の店から借りてきたんだけど、三人とも苦労かけちゃったわね」

「ひとり例外がいるな」

と〈船長〉は言った。

ママが戻ったとき、大工のような客は姿を消していた。ひとりで飲んでいた女とともに。

細かい顔立ちや服装を思い出す前に〈区〉の救急車が来て、証言者は全員、搬送されてしまった。


「なぜ記憶が失われた？」

「タッペイとミカコの話じゃ、一瞬のうちに身体が水に落ちたそうよ。同時に意識は失われた。私が帰って来たのは、それから一〇分も経《た》ってない頃よ」

「二人は何処へ行ったかだな」

ディッケン船長の視線の先で、せつらは片手を上げた。

「捜索を続行」


翌日、ヨーゼフKについて話があるとやって来たせつらに、白い院長は前回と同じ返事をした。

「当人に訊いてくれ」

「彼は僕とは何の利害関係もない。話をするだけ」

とせつらは返した。

メフィストはインターフォンのスイッチを入れた。

一〇分としないうちに、せつらは〈病院〉の一室で当人と対面した。

「どうして、ここにいると？」

ヨーゼフはまず訊いた。

「あの晩あなたは『海賊』の床に倒れていた」

とせつらは答えた。

店のスタッフが気がついたら、女性客ともども姿を消していた。彼を救ったのはその女性客で、いなくなったのは、安全な場所へ運んだからだろう。女性客はヨーゼフを知っていたのだ。

「あなたの知り合いなら、〈メフィスト病院〉にいたことも知っていたかもしれません。知らなくても、奇怪な戦いの決着をつけるのは、ここしかない」

「正解だよ。おれも、助けてもらえるとは思わなかった」

「一緒に来てもらえますか？」

「ああ、いいとも。あんたから逃げ隠れする必要はねえんだ。けど、何処へ連れてくつもりだい？」

「船長夫妻のいるところです。あなたを捜してくれと依頼を受けてます」

「いいとも——ただし、護衛はつけなくちゃならねえぞ」

せつらはうなずいた。

3

退院を申し出ると、メフィストは拒否した。

「あの患者の機能はまだ回復していない」

「大丈夫。保証する」

「いい加減にしたまえ」

結局、ヨーゼフK当人の申し出もあって、ＯＫは出た。

「一時帰宅だ。まだ当院の患者であることを忘れないように」

「へいへい」

「わかっているのかね？」

「勿論です」

せつらは直立不動の姿勢を取った。

病院の前からタクシーを拾った。

〈ハイアット・リージェンシー〉までと告げてから、鳩尾のあたりを押さえているヨーゼフへ、

「何か？」

と訊いた。

「おお、万病の薬だと言って、妙なもの呑《の》まされてな」

「何を？」

ヨーゼフは、なめし革《がわ》みたいに固そうな指を一〇センチほどに開いて、

「これくらいの針金よ。もう違和感はねえが」

「それはそれは」

と言ったきり、せつらは口をつぐんだ。〈靖国通り〉から〈大ガード〉をくぐったとき、戦いははじまった。

タクシーが、ぐんと沈み込んだのだ。アスファルトではなく、水中に。


車内に潮の香りが立ち込めた。

「何だ、こりゃ？　ハンドルも利《き》かねえぞ」

運転手が悲鳴を上げた。

「心配するな」

と言ったのは、ヨーゼフであった。

彼はシートを乗り越えて助手席に移った。右手に数本の大釘を握っている。左手で素早くシートとドア、ダッシュボードを撫で、

「よし」

とうなずいたとき、前方を見ていた運転手が悲鳴を上げた。

「――何だ、ありゃ？」

黒い水の中を、もっと黒い塊《かたまり》が直進してくる。真っ赤な光点が二つ――眼だ。

塊が縦に広がった。口を開いたのだ。タクシーの倍もある。

「間に合う？」

とせつらが緊張感ゼロの声で訊いた。

「任しとけ。この道何千年だ」

「来るぞ！」

運転手の叫びは、そいつが一〇メートル足らずの距離に肉迫したからだ。

その叫びに、

「よし！」

が重なった。

車体がよじれ、三人はシートに押しつけられた。

塊が怒号《どごう》を発した。

クラクションに似ていた。

「莫迦《ばか》野郎」

前方を横切る歩行者が、こちらを向いて罵《ののし》った。

せつらたちの乗ったタクシーは交差点の半ばに停車していたのであった。

「ちょっと——何とかしてくれよ」

歩行者のクレームなど気にもせず、運転手はダッシュボードに刺さった大釘を指さした。ベソをかいている。

「物を知らん男だな」

ヨーゼフが重々しく言った。

「車を出せ。そうすればわかる」

数分後、ホテルの玄関前で下車した二人に、

「グッドラック」

ハートマークの声を上げて運転手は走り去った。

使い古したタクシーは、新車のようなドライビングを示したのである。あの大釘を引き抜くことは一生あるまい。

「芸術《アート》」

せつらの言葉に、ヨーゼフは彼を睨《にら》みつけた。

「技術《テクニック》だ」

こう言い放った。彼は大工なのだった。

ロビーへ入ると、ブリッグスが出迎えた。

挨拶もそこそこに、

「事情は家内に聞いた。よく来てくれた」

「やっぱ、奥さん」

とせつら。

「海賊」で、ヨーゼフを救い、〈メフィスト病院〉へ送り届けたのは、サラ夫人だったのだ。ママが留守にし、バーテンもホステスもチェンジしていたために、誰も彼女の顔を知らなかったのである。

「その女房がさらわれた」

「へえ」

と気のない反応と、息を呑む気配が同時に起こった。

「君はこの街一の人捜し屋だ。もうひとり捜してくれ」

こわばりきった船長の表情と動揺とを、平然と受け止めて、

「いつ何処で？」

とせつらは訊いた。

「二、三十分前、敵に襲われた。何とか撃退したと思ったら――」

「承知しました」

みなまで言わさず、せつらはきびすを返した。

「あっちの話はあっちのプロに任せて、こっちも仕事にかかろうや」

とヨーゼフが腕をまくった。血の中を闘志が脈打っている。

「いいとも」

とブリッグスも船体に向き直った。


当てはなかったが、打つ手はあった。

ホテルを出ると、せつらはすぐ横の階段を地下道路まで下りた。〈新宿駅〉の方へ歩き出す。

少なくとも敵はせつらを標的とみなしている。じき向こうからちょっかいを出してくるはずだ。

道路は荒涼《こうりょう》を極《きわ》めていた。店舗はシャッターを下ろし、そのシャッターの表面には焼け焦《こ》げや牙《きば》、刃物の痕《あと》が幾つも残っていた。破壊されたものもある。内部は荒らし放題だ。

二〇メートルほどで、トンネルに入った。

「？」

膝まで水に浸《つ》かっていた。ちょっかいがはじまったのだ。

〈駅〉の方から白い影が流れて来た。

古風なドレスを身に着けたサラ夫人であった。

その身体がしずくを垂《た》らしながら、浮き上がり、せつらの足下に着地した。

閉じていた眼が開かれ、蝙蝠《こうもり》みたいな色を帯びた頬にみるみる血の気が宿った。

「あなたは……」

と言ったきりである。せつらマジックの第一症状だ。

「ご主人のところへ。すぐ近くです」

こういったせつらの身体も、夫人と一緒に空中にあった。

「このまま、ホテルへ」

こう告げたのは、振り子のように上の道路のさらに上空へと舞い上がってからだ。

「怖いわ――抱いて」

せつらは背を向けた。抱きついて来た夫人の身はひどく軟らかく冷たかった。

「はじめて見たときから、魂《たましい》まで奪われてしまったのよ」

と夫人はささやいた。声だけは熱かった。

風を切るせつらの耳もとで、

「だから、私と一緒に来て。新しい世界へ」

軟体動物を思わせる肢体《したい》の感触が、液体そのものに変わった。

首から下を呑み込んだそれに、

「本物は何処？」

とせつらは訊いた。

「何処にもいないわ。私が本物のサラよ。変えられてしまったの」

「それはそれは」

「キスして」

右の頬にねっとりと寄って来た。

せつらは顔を曲げた。

地上一〇メートルでの異形《いぎょう》の口づけであった。

うっ、とそれは呻いた。一秒とかけずにもとの姿を取り戻した夫人は、胃の脇を押さえていた。

「これは――何？」

「藪医者の針金」

〈メフィスト病院〉を出るとき、白い院長が護符《ごふ》ともいうべき品を呑ませたのは、ヨーゼフだけではなかったのだ。

「藪だけど、医者としての心懸《こころが》けは満点」

天に唾《つば》するような台詞を吐いて、せつらは急降下に移った。〈ハイアット・リージェンシー〉の上空であった。

玄関前に着地し、

「あれ？」

と呻いた。分厚い板がふさいでいる。

内部からは釘を打つ音が聞こえて来た。

それがあまりにも凄《すさ》まじい速さなので、せつらも立ちすくんだ。


「あのお」

と二人一緒に声をかけた。ブリッグスの返事があった。悪事の相談でもするみたいな低声《こごえ》で、

「すまんが、あと五分――いや、三分待ってくれ。そしたら完成だ」

「えーっ？」

半ば朽《く》ち果てた残骸《ざんがい》を見てから、一五分と経っていない。さすがのせつらも驚いた。

「奥さん、いますけど」

「任せる」

「はあ」

夫人はせつらのかたわらにぼんやりと立っている。糸が支えているのだ。せつらは低く言った。

「お聞き及びの状況で」

「嬉しいわ。あなたといられて」

呑気《のんき》な妻を捜してくれと依頼した男が、当人を入れようともしないのだ。

その足下に力が加わった。

水が寄せて来ている。

「あの――水が」

と言っても返事はない。

また空の上かと思った。上昇準備だ。

「ん？」

通りに当たる位置から、青黒い背ビレがこちらへ突進して来る。

「あの――」

もう一度声をかけた途端に、厚板は右へずれた。

「急げ」

とブリッグスが身を乗り出して言った。

「急げもないもんだわ」

毒づく夫人を先に入れて、せつらもとび込んだ。

ふり向いた。

背ビレとその下のものが眼の前に――水と一緒に押し寄せて来る。

だが――板が塞《ふさ》いだ。

どん、と重い響きが板を歪《ゆが》めたが、伝説の〝密閉工事〟は、異世界の攻撃も難なく撥《は》ね返したのである。

「はっはっは」

と、およそおかしくもなさそうな笑い声をたてて、せつらは夫人を船の方へ導いた。

あと三分は嘘《うそ》ではなかった。

三角帆の巨船は、あらゆる攻撃の残滓《ざんし》を払い落として、そこにそびえていた。

焼け焦げた板は新品に変わり、破損部などきれいにふさがって――どころか、最初から存在しなかったかのようだ。

蒼穹《そうきゅう》の下を白波砕《くだ》いて疾走する船体を、せつらは想像した――かもしれない。

「完成だ」

地上七、八メートルほどの位置に、地上から木の通路をかけた出入口に、ヨーゼフの顔があった。

「積荷を入れろ。奴らは近くにいるぞ」

「任せとけ」

ブリッグスは胸を叩いた。その身体が急に崩れた。サラもろとも、二人は水しぶきに包まれていた。しぶきには床の模様が付いていた。

階上へと続くエスカレーターの方から、高い背ビレが近づいて来た。

空中へ躍り上がった瞬間、それはあらゆる形を合わせたような、しかし、確かに巨大な口を開いた大魚に見えた。

上から二人を呑み込むつもりだったのだろうが、その前にせつらがいた。

ただひとり、水に触れていない若者が。

眼が合った刹那《せつな》、大魚の眼の狂気が消滅した。その報《むく》いは降下しながら縦に裂けることであった。

「早く乗船」

せつらが言うなり、ブリッグスは空中に舞い上がった。

「サラ」

と叫んだ。夫人の姿は水中に没していたのである。

「早く、出航」

とせつらは空中で言った。

「奥さんは捜す」

「いかん、あれなしでは出られんのだ。あれの役目は、船の守り神だ」

「捜す——急いで」

ブリッグスは頭から入口へとび込んだ。

船体がきしんだ。床が濡《ぬ》れている。

「どうしたんだ!?」

ヨーゼフは仰向《あおむ》けに倒れていた。

駆け寄って抱き起こし、血の気も退《ひ》いた頬を叩いた。

呼吸が浅い。枯枝のように細く弱々しい。それでも眼は開いた。

「おれの仕事は……完成だ。後は任せる……何をやるかは……知らんが……な」

「まだだ。水が洩れてる」

「それを」

横に落ちているハンマーと釘を指さした。

「あそこに打て」

指は戸口を差した。穴がひとつ開いている。前の釘はすぐ下に落ちていた。

「それで……もう……大丈夫……だ」

「わかった」

ヨーゼフを横たえ、道具を両手にブリッグスは戸口へ向かった。

立って打てる——理想的な位置であった。

穴に釘の先をねじ込み、ハンマーをふり上げた。

歌声が流れて来た。

異世界の海の男たちの歌が。

波が死人を運んで来る
おれを淋《さび》しい海原へ捨ててくれるなと
奴らは何処までもついて来る
おれも船の仲間だと

ブリッグスは耳を押さえた。

「やめてくれ」

彼の苦悩は、生き延びて陸地を踏んだ船人の懺悔《ざんげ》だったのかもしれない。

ハンマーが上がった。

歌声がそれを止めた。

彼は両膝を折った。

水が腰まで来た。

歌声は続いていた。

別の歌声が。

ブリッグスの顔に生気が甦《よみがえ》った。

女の声だ。それも彼がいちばんよく知っている女の。

帰っていらっしゃい
古いものはみな海の底に捨てて
帰っていらっしゃい

私のところへ　そして
もう一度　船を造って
また　出ていらっしゃい
私は待っています　あなたのコートを縫いながら

「この声だ」
顔の半ばまで水に浸かったヨーゼフがつぶやいた。
「あのバーで……おれを救った歌声だ……船には……守り神が……」
ブリッグスの右腕に力が漲《みなぎ》った。
「サラ」
渾身《こんしん》の力を込めて、釘は打ち込まれた。
船の出港をせつらは理解した。
妖糸は水中の夫人を探《さぐ》り当てたのである。しかし、手応《てごた》えはすぐに失われた。
なおも捜索を続ける彼の前を、巨船はゆっくりと波を切りはじめた。
ホテルのロビーは海原に変わっていた。
遠くに白く稲妻《いなずま》が走り、その上に黒雲が重く垂れていた。
見送る者もない。
別れのテープも、手を振る者もいない。
船と船人たちは、これから別の海での戦いに臨《のぞ》むのだ。
何やら頭上に迫る気配をせつらは感じた。
鳥のような形が、羽搏《はばた》きつつこちらへ接近中だ。数は優に一〇〇を超す。
「空から来たか」
せつらは不安——というより憂鬱《ゆううつ》そうな眼差《まなざ》しを灰色の広がりに向けた。
空からの攻撃に船は耐えられない。
真っ先に頭上へ辿《たど》り着いた数羽から、黒い物体が投じられた。
それは海面に触れると同時に大きな渦を作った。

船体がそちらへ傾き――すぐに復原した。

それは数十回も続き、そのたびにやり過ごした船体は、少しずつ歪みを増していった。

「危《やば》い」

とせつらは空中でつぶやいた。波状攻撃が続行されれば、船はやがて復原限界を超えて、渦に呑み込まれる。

第二波が到着した。

船体の頂きで何かがきらめいた。

そこから放たれた光の帯は千条を超えていただろう。

投下物は蒸発した。のみならず羽搏くものたちも塵芥《じんかい》と化して消却《しょうきゃく》されたのである。

せつらは上昇した。彼はいまだホテルのロビーにいるのだった。

円錐の頂きに、恐るべき武器はぽつんと置かれていた。

小さな安っぽい化粧鏡であった。


「対空砲火」

とせつらはつぶやいた。古代の船大工が建造した作品は、彼の想像をも超えているのであった。

稲妻が走った。

その果ての海原が、船の行く道なのであろう。

しかし、悠々《ゆうゆう》と恐れげもなく進んで行く船体を、せつらは無言で見送った。

そそり立つ船尾に、見張り台とも思える突出部があった。

そこに人影が現われた。

三つだ。ブリッグスと、息も絶え絶えのヨーゼフと――白いドレスの夫人。

手を振っている。

「この船の名を知っているか？」

とブリッグスが口に手を当てて叫んだ。せつらは首を横にふった。

「マリー・セレスト号だ」

今度は軽く右手を上げて応じた。

見送る者は、ひとりいた。
「アウト」
とせつらはつぶやいた。彼はディッケン船長との約束を果たせなかったのだ。
船人たちは去って行く。
どんな結果にせよ、仕事は終わった。
遠い稲妻が、その美貌を白くかがやかせた。
ほどなく彼は、遠ざかり行く船影に背を向けた。

退魔姫《たいまき》

1

照明《ライト》が外され、秋空と街並木のセットが撤去される様《さま》を、宝珠《ほうじゅ》はドアのそばに立って見つめていた。

スタッフ全員の思いが運び去られていく。思いは執念に似ていた。新しいそれは再生されるにせよ、今の思いは帰って来ない。

顔馴染《なじ》みのディレクターがやって来て、

「相変わらずだね」

と声をかけた。フリーのCMディレクターで珍しく人が好《い》い。その分、才能が欠けていた。

「宝珠ちゃんがそこで見てると、ああ終わったあという気分になっちまう。感傷を喚《よ》ぶ女か」

「終わりはセンチメンタルじゃないわ」

と宝珠は前を見たまま言った。

「色々なものが渦巻いている。ここが静かになるのは二日後よ」

「そうかねえ」

ディレクターは、片手を脂肪腹に当てながら、肩をすくめて見せた。一七歳のモデルの神秘がかった物言いを、生意気だと思ったことはない。

あどけない美貌《びぼう》の下には、ひどく大人びた——老成《ろうせい》と言ってもいいものが潜《ひそ》んでいると、みなが感じているのだった。

胸ポケットの携帯が鳴った。

はい、と出て、わかりましたと切るまで一〇秒とかからなかった。

スタッフが控え室へ戻ってお茶になった。

窓から見える赤坂《あかさか》の街は、すでにネオンに彩《いろど》られていた。

宝珠はまず、一年付き合ってきた女性マネージャーに、さよならと言った。

「え？」

理解いまだしの声を背中に聞きながら、ドアのところで両手を膝《ひざ》に当て、一同に深々と頭を下げた。

「お世話になりました」

反応はすぐには返って来なかった。じき騒ぎになるだろうが、大したことはない。これからという時に——事務所は必死に連絡を取ろうとするだろうが、それはもう別世界の無為《むい》だ。

おい、と誰かが声をかけたときにはもう、宝珠はエレベーターに乗っていた。

見送る者はない。

将来あるモデルがひとり消え、別のひとりが誕生したのだった。

退魔姫《たいまき》が。


「変なタクシーが停《と》まってますよ」

バイトの娘が、今日はじめて店へ顔を出した秋《あき》せつらに伝えたのは、午後八時——店仕舞《じま》いの時刻だった。

「へえ」

「お客が乗ってるけど、気をつけてくださいよ。店長のストーカーはしつこいから」

そう言う娘も、せつらの顔を見ようとはしない。バイト代を貰《もら》う者が、魔法にかかって動けなくなってはまずいのだ。

憎たらしいことに、追っかけに慣れきっている店長は返事もせず、外を窺《うかが》おうともしなかった。そのうち、タクシーは走り去った。

「シャッターの鍵《かぎ》は忘れずに」

これを言いに来たらしい。

「お出かけですか？」

娘は淡い期待を抱《いだ》きながら訊《き》いた。

「仕事」

「お疲れ様です」

複雑な口調になってしまう。

せんべい屋の合間ではなく、人捜し屋の合間にせんべい屋を営《いとな》んでるとしか思えない。

せつらの目下《もっか》の案件は、半年ばかり前に青森から〈ゲート〉を渡って来た林檎《りんご》園の息子の捜索であった。

〈歌舞伎町《かぶきちょう》〉で流しをしていることを突き止めたのは、昨日の午後だ。今日も得意のギターを手に、最も賑《にぎ》やかな盛り場をうろついているだろう。

五分でオフィスを出た。

九時前に〈歌舞伎町〉に入った。

目的地は、〈新宿コマ劇場〉前の通りを右へ折れて、さらに奥の呑《の》み屋街であるが、劇場の前で、せつらは足を止めた。

円筒状のビニール・テントの前に、若い作務衣《さむえ》姿の男が二人立っている。

通行人たちが、とりわけ、観光客たちが、へえ、と足を止めるのは、ビニール・テントに大きく、

「憑《つ》きもの落とし」

と真っ赤なペンキで大書《たいしょ》してあるからだ。取り囲んだ人数は三〇人を超えるだろう。

せつらがすぐに右へ折れようとしたとき、悲鳴が噴《ふ》き上がった。


ひっくり返った観光客たちが見たものは、テントの上《トップ》を通り抜けて現われた、襤褸《ぼろ》をまとった老人であった。

地上三メートルあたりに浮かんでいるのも異様なら、全身が青白い燐光《りんこう》に縁《ふち》どられているのは、異常であった。

歌舞伎で見得《みえ》を切るように、ざんばら髪をふり乱すと、老人はさも口惜《くや》しげにテントの方を睨《にら》みつけ、がちがちと欠けた歯並みを嚙《か》み鳴らして、ふっと消えた。

安堵《あんど》とも恐怖ともつかぬどよめきが、この一角を埋めた。こんな光景を眼にしたことのない観光客たちは、尻餅《しりもち》をついたままだ。

テントの中から、二十歳《はたち》を過ぎたばかりの娘に付き添われた中年の男が出て来た。うなだれて衰弱しきった姿に見物人たちが、写メを撮るのも忘れたのは、娘と入っていったときの凶暴獰猛《どうもう》な風体《ふうてい》とは、別人のようだったからだ。

三人目は、腰の曲がった白髪の老婆《ろうば》であった。待機していた若者二人と同じ紺《こん》色の作務衣を着た短軀《たんく》は、彼らを遥《はる》かに凌駕《りょうが》する精悍《せいかん》の気に満ちていた。皺《しわ》だらけの顔や手が艶光《つやびか》って見えるのは、街灯のせいではない。

こちらを向いて頭を下げる娘に、

「もう大丈夫だ。薬を忘れるでないよ。一日三回。食後三〇分経過してからだよ」

無邪気《むじゃき》とさえ言っていい笑顔が、ぐるりを見廻《みまわ》し、せつらに気づくと、

「おやおや、また会ったね」

もっと無邪気になった。少女ではなく少年に見える。

「お疲れ」

珍しくせつらも返す。知り合いだ。

「今夜も人捜しかい？」

「ははは」

「いい男がいたら教えておくれ」

せつらの口元を微笑がかすめた。

「意外と元気」

こう言ったのは、数日前に老婆が心臓で倒れたと聞いたからだ。はためには、せつらを見てもビクともしない完全健康体である。

「まだまだ」

と左胸を叩《たた》いてアピールする白髪《しらが》頭へ、

「じゃ」

せつらは右へ折れた。

七、八メートルのところで、

「先生!?」

叫ぶ声は恐怖と驚きのカクテルだった。

地べたに抱きついた老婆を、二人の弟子が死人の顔で抱き起こすところだった。

すぐに、「〈メフィスト病院〉」との声が、通行人の口から放たれたが、老婆は瀕死《ひんし》の状態で、

「あそこ以外なら何処《どこ》でもいいよ」

と言って失神した。

娘は病院へやって来た。

弟子たちから説明を受け、じっとせつらを見つめると、涙が溢《あふ》れてきた。

「孫の宝珠です。祖母がお世話になりまして」

「何も」

とせつらは答えた。「何もしていません」の省略形である。

「秋せつら」

こちらも名乗ったとき、女――宝珠の眼から涙が滑《すべ》り落ちた。

「どうしました？」

弟子のひとり――若いほうが訊いたが、宝珠は素早く涙を拭《ふ》いて、老婆の青白い顔を見つめた。

声もかけないのに、老婆は眼を開いた。今の今まで眠っていたのである。

「何とまあ、お似合いのカップルだね。今ここで式を挙げたらどうだい」

宝珠が頬《ほお》を染めて、

「やだわ、お祖母《ばあ》さま」

「やなもんかね」

と老婆は言い返した。

「誰が見たって理想のカップルだよ。そうだね？」

と二人の弟子に同意を求めた。

二人は顔を見合わせて、ようやく年上のほうが、

「はあ」

と曖昧《あいまい》に応じた。

「何だい、しみじみしないね。退魔の術は勿論《もちろん》、社会人としての躾《しつけ》もしたはずだよ」

若いほうが取りなすように、

「お似合いです」

と笑いかけた。

「もっと自分に自信をお持ち、草成《くさなり》。あんたがもうひとつ大きくなれない理由はそれだよ」

「はい」

老婆は片手を上げた。血管ばかりが青い蛇のよう

に這《は》う土気色《つちけいろ》の細腕であった。それが桜色の若い手を摑《つか》んで、

「ごめんよ、宝珠――やっぱりおまえを頼りにしなきゃならなくなっちまった」

と言った。孫娘は微笑した。

「いいのよ。そんな気がしていたわ」

「子供の頃に、教えることはすべて教えたよ。弟子も二人つける。好きなようにこき使っておやり」

「はい」

老婆は噴き出し、咳《せ》き込んだ。

「その意気だ。こいつらにも、憑きものどもにも負けるんじゃないよ」

「はい」

「よし。みんな出てお行き。おっと――そこのハンサムさん、あんたは別だよ。安心しな、二人きりになれたわなんて言わないから」

何故《なぜ》か、せつらは残った。

「〈新宿〉一の美しいお兄さん、ねえ、よかったら、宝珠を助けてやってくれないか？　あたしは、人助けって綺麗事《きれいごと》で、あの娘《こ》を連れ戻しちまった。けど、自分を省《かえり》みれば、首まで地獄に突っ込まなきゃあならない仕事なんだ。〝憑かせ屋〟どもは、赤ん坊にだって容赦《ようしゃ》しない。すぐにそれとわかる憑きものなら、落とすのは簡単さ。あたしが出る幕はない。〈区〉の拝《おが》み屋で充分だ。でも、よちよち歩きもできないうちから、少しずつ憑かせていったらどうなるか。あまり強くないやつを憑かせて、年ごとに強いのに変えていくんだよ。当人も親も気がつかないうちに、その子の精神も肉体も憑きものに乗っ取られてしまう。五歳になったら落としようがないんだ。けど、その前なら、あの娘はどんな悪霊《あくりょう》でも落とせる力を持っている。あたしより遥かに大勢の人を救えるだろう。でも、問題は憑くやつばかりじゃないんだ。憑きものを売りつけるやつ、それを喜んで買うやつ、そいつらの怨《うら》みが宝珠ひとりに注がれる。弟子は二人いるけど、高品《たかしな》は性格に難があ

るし、草成は肝心《かんじん》なところに芯《しん》が入ってない。あたしの知る限り、あんたこそ最高の――」

「人捜し屋」

とせつらは言った。

そうなのだ。

彼はボディガードでも、恋人でもないのだった。

老婆は、夢から醒《さ》めたように眼をしばたたいた。

そのたびに悲痛の色が濃くなっていった。

「これは、あたしが間違ってた。人を見る眼がなかったね――忘れとくれ」

「じゃあ」

せつらが出て行くと同時に、外の三人が入って来た。

「草成、お見送りしな」

と命じてから、老婆は急にベッドに沈み込んだ。

通りに出てすぐ、草成が追って来た。

「僕が言ったのは本気です。お似合いだと思います」

と息せき切って言った。

「あなたの噂《うわさ》は聞いております。お嬢さんを助けていただくわけにはまいりませんでしょうか？」

「人捜し屋」

「そこを何とか」

頬を汗が流れた。草成の本気は疑いようもなかった。

「じゃ」

もう一度告げて、せつらは背を向けた。

老婆はその晩亡くなった。

それから丸ひと月。〈新宿〉には、新しい〝落とし屋〟の名声が響き渡っていった。

「婆《ばあ》さん以上だ」

「〈メフィスト病院〉でもなかなか落とせなかったのが、一回で落ちちゃったよ」

「しかも、別嬪《べっぴん》だぜ」

「あんな仕事しなくても、いくらでも玉《たま》の輿《こし》で暮らせるだろうによ」

「いいえ、〈区外〉の大企業の跡取りやハリウッド俳優《スター》の女房にって、声がかかってるらしいわよ」

「冗談じゃねえ。〈新宿〉にゃ絶対に必要な娘さんだ。外へ出しちゃならねえ」

「けどよ、どこから見ても、非の打ちどころのねえ嫁の口だ。それをあんなに頑固《がんこ》につっぱねるとは合点《がてん》がいかねえなあ」

「ひょっとしたら、〈新宿〉にいい男《ひと》がいるんじゃないかしら」

現実に宝珠の実績は驚くべきものであった。

祖母と同じ路上に開いたテントには、連日一〇〇名を超す患者が訪れ、そのほとんどを数分のうちに落とすという――まさしく偉業であった。評判はたちまちのうちに〈区外〉にも広がり、テレビ局の取材もあって、目下、訪問者の数は三〇〇〇人を超すという。

だが、危惧《きぐ》する者はいた。

「〝憑かせ屋〟どもが黙《だま》っちゃいないぜ」

死霊《しりょう》、悪霊、妖魔を駆使する魔道士の一団は、前述したごとき非道な憑依《ひょうい》術を行ない、金品を要求する。古来の狐《きつね》憑き、犬神《いぬがみ》憑き等を、意図的に行なうものと考えればわかりやすい。憑きものを落とす祈禱《きとう》師＝超常能力者には莫大《ばくだい》な謝礼が支払われた。その現代版だ。

〈区外〉では今も法の眼が光るが〈新宿〉は別である。

〈歌舞伎町〉や〈高田馬場《たかだのばば》〉〈新大久保《しんおおくぼ》〉といった繁華街の駅前や露天商が集まる広場や裏路地へ行けば、小猫を、犬、小鳥等に変える程度の小規模なものから、人間を狼《おおかみ》や熊に変身させる大がかりな〝憑師《つきし》〟どもの小屋が幾《いく》らでも見つかる。

中でも〝憑かせ屋〟と呼ばれる憑依霊使いたちの一団は〈新宿〉ならではの悪腫《あくしゅ》といえた。

〈区内〉のＶＩＰは、当然、それに対抗する〝落とし屋〟を抱《かか》える。〈新宿〉には邪鬼《じゃき》に対する力《カウンター》も存在するのだ。

　そのために、憑師たちはいまだ超常現象が常識化しない〈区外〉に狙《ねら》いを定めた。

　飼い馴《な》らされた憑依体は、財閥や大企業、政治家などのＶＩＰに取り憑き、それを命じた連中が浄《じょう》霊《れい》をします、落としましょうと大金を要求する。

　このようなグループにとって、宝珠が天敵なのは明らかであり、その被害はひと月のうちに看過《かんか》できぬレベルに達していた。

　七月半《なか》ば――弟子の高品が一日失踪《しっそう》した。〈河田《かわだ》町《ちょう》〉の〈女子医大附属病院〉の廃墟《はいきょ》に近い〝火葬場〟で発見されたのは翌日であったが、肋骨《ろっこつ》三本が砕《くだ》かれ、右肺も切除されるという無惨《むざん》な姿であった。

　怒りの炎を眼に湛《たた》える宝珠に、高品は、

「何の証拠もありません。無謀なことをなさってはいけません」

と止めた。師匠の孫娘が、その能力にふさわしい闘志の主であるのはすでにわかっていた。全面闘争を選んでもおかしくはないのである。だが、九割が宝珠の能力によって成る〝落とし屋〟と、五〇名もの憑依術師、魔道士を擁《よう》する〝憑かせ屋〟とでは、勝負は最初から明らかであった。

「わかったわ。今回は引き下がりましょう。ですが、次は許しません」

　この決意を、宝珠は〝憑かせ屋〟たちのＨＰに投稿した。どう見ても宣戦布告である。


　反応はすぐにあった。

　蒸《む》し暑い深更《しんこう》、ひとり〈歌舞伎町〉のマンションへと戻る途中の宝珠を、五人の〝憑かせ屋〟たちが襲撃したのである。

　マンション近くの小公園で、ひとりブランコにゆられる宝珠を取り囲んだ男たちは、麻痺銃《パラライザー》で意識を失わせ、その場で儀式に取りかかった。

宝珠の秘部にはナイフの先で、蛇の形が彫られ、憑依用の強化剤が塗布《とふ》された。

「これで明日から、蛇女だぜ」

「その前に、ひとつ頂《いただ》いちまわねえか？　こんなに具合のよさそうな女だとは思わなかったぜ」

一同はうなずいた。

ひとりが顔の上にまたがって、ズボンを下ろした。

男の器官はすでに猛《たけ》っている。

男はそれを可憐《かれん》な唇に押し当て、前進を試みた。

「入ったぜ」

生唾《なまつば》を呑みながら宣言した瞬間、凄《すさ》まじい痛みがそれを貫《つらぬ》いた。

絶叫とともにのけぞった胴と足との中間地点で、男のものはみるみるどす黒く変色し、のみならず、腐れ落ちたのである。

「こ、この女《アマ》」

口々に術式の構えを取る男たちの前で、月のように透《す》きとおった美女は凄愴《せいそう》な笑《え》みを見せた。

「お祖母さまより与《くみ》しやすいと見たかしら？　それはこっちの台詞《せりふ》よ」

その唇から二本の牙《きば》がせり出していた。獣《けもの》の獰《どう》猛《もう》さはない。静かで凶悪な蛇のものだ。

いや、啖呵《たんか》を切った宝珠の顔はひどく平べったく、長身はくねくねとうねくっているではないか。唇の間から洩《も》れる紅《あか》いすじの先は二つに裂けている──舌だ。

「もう始まったのよ。おどおどしてないでかかって来たらどう？」

「貴様《きさま》……『蛇憑依』にかかりながら、意思を備《そな》えてるのか？」

「この程度の術にえらそうな名前を付けないことね。さ、かかってらっしゃいな」

男たちのひとりが身を翻《ひるがえ》した。両手を前につくや、四足獣《しそくじゅう》のごとく疾走《しっそう》に移った。地上最速の動物──チーターであった。

だが、ひと駆け一〇メートルで、高速能力は失われた。膝から下は鮮やかに斬りとばされて、鮮やかに血を吐いた。

宝珠は眼を丸くして、

「まさか――」

不可視の刃《やいば》に心当たりがあったと見える。

地上でのたうつ仲間の姿は、却《かえ》って男たちから逃亡の意思を失わせた。敵はひとり――しかも小娘だ。何を恐れることがある？

眼を閉じ、印《いん》を結ぶ。このときの指使いが憑依体を決定する。

ひとりは空中高く舞い上がった。鷲《わし》のごとく両手を羽搏《はばた》かせて浮遊する。ひとりはすっと地に伏し、歯を剝《む》いた。狼のように。三人目も同じく四足の獣に、しかし、姿形《すがたかたち》は小柄な人間のものと変わらぬにもかかわらず、圧倒的な凶暴さと迫力を備えていた――虎だ。

たとえ毒蛇の憑依力を持っているにせよ、この三人――否《いな》、三四――否、三体と同時に戦う術《すべ》があるのか、あどけなさを残した〝落とし屋〟よ。

空中から降下に移った男の手は、確かに鉤爪《かぎづめ》を備え、地上の二人は牙を吐いている。突如《とつじょ》、急降下に移り、地を蹴《け》った。――四つの影がひとつにまとまった。

2

「お邪魔」

道路に近い木立ちの間から、月輪のごとくかがやく美貌が現われた。陽光の下よりも月光を浴びてかがやく顔が。

「秋さん……」

つぶやく宝珠の姿は、可憐な娘に戻っている。

両手を膝の上に当てて、

「ありがとうございました」

と頭を下げた。

香水はつけていないのに、空気に甘い香りが広がった。

せつらは、茫洋《ぼうよう》と立っている。

「そいつらを動けなくしてくれたお礼です。いつから、尾《つ》けていたんですか？」

「偶然」

「嘘《うそ》」

宝珠は微笑した。

「あなたの糸のことは、お祖母さまから聞いています。巻きつけたのはこの人たちのひとりですか？」

違うと言ってほしかった。

「偶然」

とせつらが繰り返した。嘘ではないのかもしれなかった。

宝珠は小さく息を吐いて、

「そうですか。なら、早く行ってください。こいつらには訊きたいことがあるんです」

宝珠が、あっ、と洩らしたほどあっさりと、せつらはきびすを返した。

声もかけずに通りへ出て、〈歌舞伎町〉の方へ去って行く。見えなくなるまで眼で追いかけてから、宝珠は、ひとり呻《うめ》いている男に近づいた。後の三人も生きてはいるが虫の息だ。放っておけば三〇分と待たずに死が訪れるだろう。

だが——ひとりは顔を引き裂かれ、あとの二人は喉笛《のどぶえ》とぼんのくぼのあたりをえぐり取られている。毒蛇の咬《か》み痕《あと》は何処にもなかった。

宝珠は両足をもぎ取られた、否、切断された男の髪の毛を摑んで、こちらを向かせた。

「じき出血多量でくたばるわよ。病院へ連れてってほしかったら、今日の仕事を命じた奴を教えなさいな」

男は拍子《ひょうし》抜けするくらいあっさりと吐いた。

「……邦田《くにた》……権八《ごんぱち》……」

宝珠は胸の中で、おっしゃあと叫んだ。

これではっきりした。敵は〝憑依屋〟のリーダーだが、決まれば気分が違う。後は先手を打って仕留《しと》めるだけだ。狙いはひとり――手下が一〇〇人いようが一〇〇〇人いようが同じことだ。

マンションへ戻って草成に電話をかけて、みな話してから、

「草成――仕掛けるわよ」

「はあ」

「何よ、その浮かない声？　あんたに鉄砲玉やれとは言わないから大丈夫よ。近くで私の合図を待っててくれればいいわ」

「先輩はどうします？」

「動けると思う？　後方支援よ」

「はあ」

「何か、あの人捜し屋さんが乗り移ってない？」

「はあ」

「もういいわ」

こう言って、宝珠は攻撃準備に取りかかった。


翌日の深更、せつらは眼を醒《さ》ました。

布団《ふとん》の中で上体を起こし、ぼんやりしていると、急に欠伸《あくび》がやって来た。

「あーあ」

大きいのをひとつして起き上がり、身仕度《みじたく》を整えた。外へ出たときには、あの茫洋としたいつものせつらに戻っていた。

月が出ている。

アスファルトの舗装路に影が落ちている。影も美しい。

通りかかったタクシーに、せつらは片手を上げた。

月光の下に〈早稲田《わせだ》小学校〉の建物が冷たくそびえている。〈新宿〉の建物はスケールが大きくなればなるほど不気味さを増すというのが定番だ。

そのすぐ裏手に邦田権八の地所が広がっていた。

「カメラが三台もついてますよ。危ない」

壮大な玄関を前にして、草成が弱音《よわね》を洩らした。

「映らなければいいのよ。あなたはここにいなさい」

「いや、行きます。これでも師匠が選んだ弟子です。きっと役に立ちます」

「はいはい」

全く期待してない声である。弟子よりも、自分のほうがせつらに似ている。

二人は声もなく門へと走った。カメラの撮影範囲に入る寸前、宙に浮いて塀《へい》を越えてしまう。昆虫《むし》を思わせるジャンプ力であった。

宝珠が選んだのは、今や殆《ほとん》ど顧《かえり》みられなくなった親玉の自宅襲撃である。

自宅には多数の配下がいる。だが、彼らが防禦《ぼうぎょ》を担当するのが、却って安堵《あんど》による隙《すき》をつくる、と宝珠は考えた。

邸内への侵入は、キッチンの換気扇から行なった。数センチの隙間《すきま》を抜ける姿と動きは、さらに小さな虫を思わせた。

邸内には配下の術者やゴロツキ連中が守りを固めていたが、二人が眼の前を通過しても気がつかなかった。彼らの感じから、母屋《おもや》にはいないと判断した。

〈新宿TV〉の情報番組「VIPあらかると」によれば、邦田邸に地下室はないが古い蔵がある。

二人はそこに向かった。

母屋並みに広い蔵の中には、邦田と四名の幹部の他に、意外な人物が椅子《いす》にかけていた。

〈区長〉の梶原《かじわら》である。

その横に若い女がひとり。

憔悴《しょうすい》しきった雰囲気だが、負傷はないようだ。

その顔に宝珠たちは心当たりがあった。

前方に禿頭《はげあたま》の巨漢が身を屈《かが》め、女の顔を見つめていたが、じき梶原を向いて、

「娘には蝮《まむし》が憑いた。わしらの命令で、誰でも咬み殺す」

「やめろ！」

梶原が喚《わめ》いた。

「こんなことをして何になる？　おまえら一派を〈区〉の公認〝落とし屋〟としてなど絶対に認めんぞ」

「娘を殺人鬼にしてもかね？」

邦田は憎々しげに笑った。

「なにも娘をネタにおれを脅《おど》すことはあるまい。おまえたちの自由に操《あやつ》れる霊を憑かせれば、おれも娘も操り人形になる」

「ところが、そうはいかんのだな。憑依というのは、いつかはバレる。一生ものの場合もあるが、そんな強いネタは例外だ。まずいことに、いつそうなるかこちらにもわからん。従って、おまえが正気に戻って、あのサインは出鱈目《でたらめ》だと言い出しても通用しない契約書を作成しておく必要があるのだ」

「なら、おれだけ誘拐して、憑依させれば済むだろうが」

「それもそうはいかん。憑依強制は、専門家が見れば穴だらけなのだ。あの婆《ばば》あがくたばったと思ったら、小娘がやって来た。これが婆あ以上の遣《つか》い手ときている。ま、早々に手は打つが、今はこれが先決だ。さて、娘を街へ放すぞ、いいか？」

邦田は娘の肩を叩いた。

くねくねと立ち上がる姿は、かつての宝珠を思わせた。宝珠は自分の意志を保っていたが、娘には不可能だ。

「〈区民〉や観光客にも死者が出るぞ」

邦田は梶原の眼を覗《のぞ》き込んだ。

〈区長〉の眼には闘志の光が消えていなかった。

「おまえはここの生まれか？」

と訊いた。

「いいや、青森だ」

「田舎《いなか》の親爺《おやじ》か。古臭《ふるくさ》い因襲《いんしゅう》の呪《のろ》いを身につけて〈新宿〉へやって来たか」

「それがどうした？」

怒りの形相《ぎょうそう》に変わる邦田を、梶原は嘲笑《ちょうしょう》した。

「この街の人間なら、人命が脅しのネタに使えないと赤ん坊の頃から骨身《ほねみ》に沁《し》みている。おれの娘が一〇〇人殺そうと一〇〇〇人殺そうと怨む者はいないのだ。ましてやおれは只《ただ》の父親だぞ。覚えておけ、田舎者」

「貴様あ」

邦田の平手打ちに、梶原の顔は四度ねじ曲がった。

「いつまでそうやって、〈区長〉面《づら》していられるか、試してやろう。藪沢《やぶさわ》――監禁棟から二九号を連れて来い」

命じられた弟子がいなくなると、宝珠は梶原親娘《おやこ》を救出できるか考えたが、これはすぐ、困難と判断せざるを得なかった。邦田も他の連中も、相当な遣い手と見て取ったのである。

男が戻って来た。Tシャツにジーンズの若者を連れていた。


部屋に入った瞬間、若者は、ふーっと叫んで四《よ》つん這《ば》いになった。声は――

「山猫《やまねこ》憑きだ。蛇の憑いたおまえの娘と、どちらが強いかな」

「やめろ――こんなことをしてどうなる？」

梶原が、立ち上がりかけ、へたり込んだ。薬を盛られているらしい。

「決まってる。おまえの父性《ふせい》に訴えかけるのさ。娘が山猫の爪にかかってボロボロの挽《ひ》き肉《にく》になるまで、我慢していられるかどうかな」

「無駄だ」

梶原は冷厳《れいげん》に――どう見ても非の打ちどころのない〈区長〉ぶりを示した。

「やれ」

邦田が命じた。眼が性的な狂気を宿していた。蛇と化した娘と山猫の憑いた若者――両者の殺し合いに淫虐《いんぎゃく》心を刺激されたのだ。配下の者たちも舌舐《したな》めずりしている。

二人についた弟子たちが前方へ突きとばした。

獣の本能か若者は、娘の背後へ廻ろうと足を進めた。それを眼で追う娘は、床にぴたりと貼りついて、腰から上だけを垂直に起こしていた。二重三重にうねる下半身に、邦田の眼が吸いついた。

しゅっ、と娘が若者の足へと走り、間一髪《かんいっぱつ》、若者がその首を右手で裂く。

鮮血がとんだ。身をよじりつつ右へと滑る娘の首を血の霧が包んだ。

邦田がふり向いた。

換気扇の下に、宝珠と草成が立っていた。宝珠は右手をふり下ろしたところだった。

死闘の上空で、時間処理を施《ほどこ》したカプセルが砕け、霧状の粉末が二人に降りかかった。

どちらも喉元を押さえて苦悶《くもん》し——人間《ひと》の形を取り戻した。

「いいところで邪魔が入ったわい」

邦田が、にんまりと笑った。

「待っていたぞ、〝落とし屋〟の二代目。いや、戦いを好む女というのは珍しい。一生、犬に憑かれて、わしのそばにおらんか？」

「三人を解放しろ」

宝珠が、途中で街頭の武器商人から買って来た安物拳銃《フライデイ・ナイト・スペシャル》を邦田にポイントした。

「おやおや、〝落とし屋〟ともあろうものが、自分の力ではなく、そんな無粋《ぶすい》な品に頼るとはな。だが、〈区長〉にはまだまだ用があるのでな」

「動いたら射《う》つわ。これから〝永久落とし薬〟を注射します。これであんたは一生ただのボケ老人よ」

「拳銃まではわからなかったが、出迎えの用意はしておいた。勝又《かつまた》、野火留《のびる》、道条《どうじょう》——かかれ」

宝珠たちの例を見るまでもなく、憑依の術を能《よ》くする者は、他人だけではなく、自分にも憑かせて超常能力をふるう。

男たちは奥歯を噛みしめた。仕込んである憑依アンプルが割れ、憑依体のエキスが体内に染《し》み込んでいく。

「逃げて！」

梶原の娘が叫んだ。

宝珠はにいっと笑った。

「覚えておいて。私は――〝落とし屋〟よ」

男たちが、仁王立《におうだ》ちになって咆哮《ほうこう》した。

「羆《ひぐま》ね――それもアラスカ産」

宝珠に怯《おび》えはない。

野火留が右手をふった。

宝珠との距離は三メートルもある。

凄まじい風圧が娘と相棒を吹きとばした。実は宝珠たちが跳《と》びずさったのである。

草成が頬に手を当てて、ひいいと洩らした。指には血が付着していたのだ。

「身長三メートル、体重三・五トン、それが三匹」

と宝珠がつぶやいた。

憑依者の行動は、当人ではなく、憑いたもののサイズで決定される。


宝珠と草成が〝落としの呪文《じゅもん》〟を唱《とな》えた。右手が九字《くじ》を切る。

「はっ！」

息を吐きざま、右手を床へ押しつけた。

男たちはのけぞった。宝珠の眼の前で、見えざる巨体が横倒しになる。本体は二メートル先で痙攣《けいれん》中である。

「やるのお」

邦田の感嘆は本物であった。

「あの三人を一発で。いや、評価を改めなくてはならんな」

「勝手になさい。あなたの力――廃棄《はいき》させてもらうわ」

「できるか？」

邦田は嘲笑した。その顔が苦痛に歪《ゆが》んだのは、宝珠がその顔面を指さしたときであった。

「あらあら、たくさん憑かせてること」

宝珠が呆《あき》れ返ったのは、邦田の内部《なか》に何を見てのことか。

その表情が緊張した。

「出て行くぞ、出て行くぞ」

邦田は苦鳴《くめい》混じりに宣言した。

「おまえも、祖母も想像もつかぬものが出て行くぞ」

「草成――〝永久落とし〟を」

はい、と応じて若い弟子は一歩前へ出るや、右手をふった。

小さなカプセルが眉間《みけん》で砕けても、邦田はよけようともしなかった。

煙のような中身を舌で受け、

「効《き》かんぞお」

邦田の変化に、宝珠は気づいていた。

憑依体は、体内に封じて移動できる。数とパワーは憑依師の力によるが、邦田が憑かせようとしているものは、宝珠の知識にはない存在に違いなかった。


次の対処法に到《いた》る決定は早かった。

「師匠⁉」

草成が悲鳴を上げた。

〝フライディ・ナイト〟が吠《ほ》えた。

眉間に肺に心臓に黒点が生じ、その衝撃で、邦田は奇妙なダンスを踊っているように見えた。

「師匠――これは殺人ですよ！」

肩を摑んでゆする草成へ、

「いいえ――間に合わなかったわ」

応じる宝珠の眼は、倒れた邦田が起き上がる様《さま》を映していた。

にんまりと笑うその顔面へ、もう一発――邦田が頭をふった。鳥を思わせる動きであった。

チン、と床に光るものが落ちた。弾頭だ。彼はそれを嚙んで受け止めたのだ。恐らくは、見えない嘴《くちばし》で。

「まさか」

呆然《ぼうぜん》とつぶやく草成は連射の轟《とどろ》きを聞いた。今

度は受け止められまい。しかし、弾丸はことごとく邦田の体表で撥《は》ね返った。

「犀《さい》とはね」

宝珠は拳銃を邦田の顔に叩きつけ、

「あんたは、娘さんを!!」

と命じて梶原に駆け寄るや、

「脱出します」

と眼を見つめた——睨みつけたと言ってもいい。

薬漬《づ》けの〈区長〉の眼に、不思議な力が湧《わ》いた。抱き起こして、ドアへと走った。

鍵はかかっていない。

外へ出た瞬間、凄まじい痛みが、宝珠の右肩から左腰へと流れた。

獣の爪だ。

倒れつつ、宝珠はすでに開始していた梶原への憑依法を続行した。

「そっちもいけるわね?」

「はい」

草成はこう返してから、ぎょっと若い師匠を見つめた。

「あいつが来るわ。先に行きなさい。家で会いましょう」

「ですが、師匠——」

「早く行け!」

虫が憑依した三人が、軽々と家を飛び出したのを確認してから、宝珠は、蔵の戸口をふり返った。

邦田に彼らを追わせてはならない。体内から力が流失していく。憑依前の負傷は憑依にも影響を及ぼすのだ。

「八つ裂きにしてくれる」

と邦田の声がした。

「それとも、おれの女になるか?」

「なかなか、楽しそうね」

宝珠は次の手を考えながらも死を意識した。背中の傷からの出血は止まらない。意識が遠ざかる。

五メートルまで迫ったとき、宝珠は最後の力をふり絞《しぼ》った。

〝落としの法〟は、邦田に巣食う憑依体をことごとく焼き尽くすはずであった。

「足りんな」

との返事があった。邦田は三メートルまで近づいていた。

大きな気配が頭上から下りて来た。

「これは——まさか!?」

子供の頃、祖母から聞いた。だが、現実には無理だと笑う祖母を覚えている。今でも憑依の時間的空間的限界は不明だ。

邦田が首を後ろへ反らして何か叫んだ。それなのに、声は一〇メートルを超す高みから聞こえた。

眼の前の地面が陥没《かんぼつ》する。

急速に気力が脱《ぬ》け落ちていく。

こいつを落とすには——

もう一度、咆哮が夜気《やき》をつんざいた。それは雄叫《おたけ》びではなかった。苦痛の絶叫であった。

邦田は右の膝を押さえて地べたにうずくまっている。両手の間から容赦なく噴出する黒血《こっけつ》が地面を染めていく。

超古代の覇者の、鋼《はがね》のような皮膚を切り裂いた武器が、この世には存在した。それを操る者は——

誰かが天から地上へ降臨する気配を、宝珠はかたわらに感じた。

次の瞬間、満天の星を見た。

そして、彼女は何度も空を渡って、〈旧区役所通り〉にある病院へ運ばれたのであった。

こんな時間にも活動中らしい白い院長は、

「かすり傷だ」

と診断した。

3

夜が明ける前に、宝珠は退院した。草成が迎えに来た。梶原と娘は、〝落とし〟た上で、帰宅させたという。

梶原は、

「〈新宿〉の空気は二度と吸わせん」

と息巻き、〈警察〉へ連絡したが、邦田の家は裳抜けの殻だったという。

「〈区外〉へ逃亡したとは思えません」

草成の意見に、宝珠も同意した。

「奴《やつ》は諦《あきら》めていない。必ず〈区長〉を狙って来るわ。それと私を殺すために」

平然たる口調であり顔つきであるが、傷による消耗《しょうもう》は隠しようがない。

「迎え討つ準備をしなくては――それと」

宝珠はかたわらのせつらを見た。なぜ間一髪の救い主になったのか、なぜここまで付き合ってくれるのか、わからないままに拒《こば》みもしなかった。

かがやくものがそこにいた。

ひょっとしたら、生まれる前から、自分はこの美しい人捜し屋に憑かれていたのではないか――そんな気がした。

せつらは無言を通したが、宝珠が立ち上がると、止めもせず付き合った。

翌日の昼近く、宝珠はせつらとともに、〈大京《だいきょう》町《ちょう》〉のマンションに到着した。

一階のネーム・プレートには、高品とあった。インターフォンを通して、宝珠が名乗ると、少し沈黙を置いて、

「これは驚いた。師匠、どうしました？」

「お見舞いよ」

リビングは三〇畳近い。

「具合はどう？」

宝珠はまず切り出した。パジャマ姿の高品が、

「もう大丈夫です。コーヒーでも淹《い》れますよ」

「結構。なぜ、私を邦田に売ったの？」

驚きを高品は呑み込んだ。驚きにも色々ある。身に覚えがない驚き。今は――図星《ずぼし》を突かれた驚き

だ。

「――待ってください。ちょっと。自分は、先代からの――」

「私は現在《いま》の話をしています。昨夜、〝落とし薬〟のカプセルをぶつけたけれど、敵は平気だった――草成は私と同じ目に遭《あ》った。カプセルに手を加えられるのは、あなただけ。何故、逃げ出さなかったの？」

「…………」

「うまく言いくるめられると思った？　甘く見すぎたわね」

すでに断定であった。

高品の顔はその前から蒼《あお》ざめていたが、今や色を失っていた。

何度か咳払《せきばら》いをしてから、眼はせつらを睨みつけた。そして――恍惚《こうこつ》となった。

「わかるんだ……よくわかるんだ……あんたが……この男に惚《ほ》れちまったことは……けど……おれは……あんたが〈区外〉へ行く前から……ずっと好きだったんだ。勿論……口にしたことはなかったよ……だけどよ、この仕事をはじめて……もう気がついてくれても……いいんじゃないか……と。それなのに……あんたの胸の中には……いつもこいつが……いた……それで……」

宝珠は裏切り者を見つめていた。眼に悲哀の色があった。同情とは無縁だった。

「理由にならないわ」

「わかってるよ」

「先にかかってらっしゃい。彼は手を出さないわ」

せつらのことである。

「いいとも」

「お互い相手に好きなものを憑かせて戦うんじゃない。落とし合うのよ」

「おれたちらしいな」

高品は微笑した。これからは、せつらに理解できない戦いが始まるのであった。

昼の光が満ちるマンションの一室に、危険な「気」が満ちた。

呪文を唱えて九字を切る――どちらにも共通の術式であった。

「かかったか?」

高品が訊いたのは、二分ほど後だ。声は粘《ねば》ついていた。欲情に。

宝珠の顔が赤らみ、呼吸が切なげに、小刻《こきざ》みに変わった。顔つきはそのまま――しかし、別人だ。

せつらの眼が光を帯びた。

「かかったわよ」

宝珠は答えた。声は当人だが、答えたのは違う。

「おお、別人みてえに色っぽいぜ、二代目――おれを見て何も感じませんか? あんたにとっ憑《がら》いたのは、二〇〇年ばかり前の女の霊ですよ。男絡みで死刑を食らい、検死の結果とんでもない淫乱だと保証された女犯罪者だ。どうです、同じ女としての気分は?」

「私より、自分のことを心配したら?」

宝珠がにんまりと笑った。全く変わらない――しかし、別人のように淫蕩《いんとう》な笑顔だった。

高品の勝ち誇《ほこ》った表情が、翳《かげ》のようなものを刷《は》いた。

「いかん……これは……何を憑かせやがった?」

彼は嫌そうに後じさり始めた。背後には銃棚《ガンロッカー》があった。

「誰だ、こいつは?」

「これも二〇〇年前に、トリニダード・トバゴで死《きっ》んだ、一九歳の少年よ。物ごころついたときから生粋《すい》の自殺マニアで、三〇〇〇回以上未遂《みすい》を繰り返した挙句《あげく》に、目的を遂《と》げたというから、本物ね」

「へっ――三〇〇〇回も失敗したなんてことがあるもんか。リストカット野郎どもと同じ、誰かが助けてくれるのを期待してるただの軟弱野郎さ。こんな奴、すぐに落としてやる」

言いながら、ロッカーのダイヤル錠《じょう》を合わせ、ガラス扉を開けていた。

摑み出した旧式のボルト・アクション――モーゼルKar《カール》98に、宝珠の眼は吸いついた。低く淫《みだ》らな呻きが唇を割った。

「へっ、こういうので突かれてみたいかい？　おれのはこの銃身より硬いぜ。口ばっかりじゃねえ。試しにいまどうだい？」

「真《ま》っ平《ぴら》……よ」

宝珠の喉が、ごくりと動いた。

「ほら、憑かれた身体は正直だぜ。こうやって――」

高品がライフルを肩付けした。このとき、宝珠の動きを止めていた手は、憑依した淫女のものか。

「たっぷり食らいな」

重量感に溢れた銃声が居間を揺るがせた。

大きく後方へ跳んで、宝珠とせつらは泥血《どろち》のしぶきから逃げている。引金《トリガー》を引く寸前、高品は自らの喉に銃口を押し当て、脳を丸ごと噴散《ふんさん》させてしまったのだ。

憑依した自殺マニアの霊は、彼を離さなかったのである。

「やった」

ひとつの生命《いのち》の消失に、せつらはのんびりと報《むく》い、床に片膝をついた宝珠を見下ろした。

「大丈夫です」

その声の響きのとおり、立ち上がった姿から淫らな気は跡形《あとかた》もなかった。〝落とし〟に成功したのである。

「あとは、ひとりだけ」

嗄《しゃが》れ声《ごえ》で告げたのは、数秒置いてからである。

「そうそう」

せつらがドアの方へ動いた刹那《せつな》、

「来ないで！」

宝珠は小さく硬く絶叫した。

「はあ」

「今は近寄らないで。先に出てください」

最初《はな》からそのつもりのせつらは、何も言わずに外へ出た。

「今は駄目……見られただけで……私……」

全身を悪寒に震わせるほどの欲情が、一七歳の娘の身を、骨の髄《ずい》から焼き尽くそうとしているのだった。

それからしばらくの間、邦田の消息は〈新宿〉の風聞《ふうぶん》から消えた。

〝〈区長〉殺し〟と報じた新聞もテレビも、一日限りで終止符を打ち、〈警察〉も捜査をやめたらしいとの噂が流れた。〈区役所〉も口をつぐんだ。

「どういうつもりですか?」

と憤慨《ふんがい》する草成へ、

「邦田は、〈区長〉の弱みを幾つも握っていたらしいわ。大したことじゃないから、大きな目的のためには娘を脅しに使わなきゃならなかったけど、次の〝〈区長〉選〟をひっくり返すくらいはできるネタらしいわよ」

「けしからん奴ですね、梶原って男は」

「それくらいでなきゃ、〈魔界都市〉の〈区長〉なんてやっていけないわ。まあ、あれもこれもバレてしまうのが、情けないけどね」

「しかし、そうなると、邦田は我々だけを狙って来ませんか? 〈警察〉も当てにはなりません」

「その辺の準備は整えてあるわ。後は待つだけよ」

「あの人捜し屋も、準備の一環ですか?」

宝珠はおまえもか、という表情で、祖母の最後の弟子を見つめた。

「邦田との対決には、一門の名誉と私たちの生命がかかってるのよ、部外者を入れるわけないでしょう」

「本当ですか」

「はい」

「なら、頑張《がんば》ります。この生命、師匠に捧《ささ》げます」

「そう胸を張らないで」

宝珠は溜息《ためいき》をついた。

正直、最後の自信は揺らがないとしても、決して見くびれる相手ではなかった。敗れれば死だ。

ひとりで逝《い》くのかな、と思うと、少し胸がつまった。

あの男《ひと》はそばにいてくれるだろうか。

部外者と告げたはずの美貌が、胸の中にあった。笑顔を見た覚えはない。

だが、彼は幻のごとく玲瓏《れいろう》とかがやき、そして微笑を浮かべているのだった。


邦田からのメールが届いたのは、さらに半月を経《へ》た頃であった。

八月の頭。〈魔界都市〉も区別しない夏は、四季を通して変わらぬ妖気瘴気《しょうき》と混じり合った熱で、〈区民〉たちをよろめかせ、観光客たちを次々に熱射病の患者と化せしめた。

この日の夕暮れどきは、特に路傍《ろぼう》に倒れる者が多かった。これあるを予期して設置された「緊急看護所」へ運ばれた人々の数はすぐに一〇〇〇人を超えたが、しばらくして出て行った。幽鬼《ゆうき》のような雰囲気がまとわりついていた。

〈歌舞伎町〉〈大久保〉〈新大久保〉〈四谷《よつや》〉〈高田馬場〉を中心に、一〇〇を数える看護所から、治療を終えたはずの人々は、さらに死色の肌を夕映《ゆうば》えにさらして、一斉にある方角へ向かって歩き出した。

〈新宿区役所〉と〈新宿警察〉の防犯カメラ及び、偵察用ドローンは、たちどころにその進路から目的地を分析し、〈歌舞伎町〉のマンションだと結論した。

こういう場合、〈新宿区〉の動きは素早い。

〈区〉の広報ヘリとバス、〈救命車〉、〈警察〉からは護衛用のパトカーと装甲車輌《しゃりょう》、戦闘ヘリが出動し、マンションの住民に一時的退去を要請した。

住人も慣れている。殆《ほとん》ど全員が要請に従い、三〇分後には、拒否する数名を除いてマンションを去った。

最後まで残った住人一名は、あくまでも退去を拒み、〈警官〉による護衛も受け入れなかった。

宝珠である。

〈警察〉とのやり取りは、〈新宿TV〉を通して〈新宿〉中に放送された。

「来たな」

宝珠は少々呆れながら、〝落とし〟に取りかかった。

五〇〇〇人を一度に憑依させる。常軌《じょうき》を逸《いっ》した技の遣い手というしかない。しかも、何が憑いているのかは、未知のままだ。

あの晩、邦田に憑いた古代生命ではない証拠に、進路途中に建物等の被害は出ていない。整然たる行動からしても、動物の類《たぐい》ではなさそうだ。それだけに一層、不気味といえた。

〈歌舞伎町〉に入るなり、極道、地廻り、暴力団の猛者《もさ》たちが、早速《さっそく》絡み出した。テレビ放送でも不安を煽《あお》っている。ここで事態を解決すれば男を上げる絶好のチャンスだった。

だが、彼らは平凡な観光客や〈区民〉にひと睨みされただけで、その列に加わったのである。

この放送は宝珠に真相を悟らせた。

憑いているのは、邦田自身なのだ！

五〇〇〇人の邦田が宝珠ひとりを斃《たお》すべくやって来る。

マンションが揺れはじめた。宝珠の護法が、五〇〇〇人の邦田がかける憑依術を防いでいるため、そのエネルギーが物理的な現象として現われるのだ。邦田の群れはマンションを取り囲んだきり動こうとしなかった。

その最前列から後方へ、人々がへたり込んでいく様はドミノ倒しを思わせた。

数千人の人々が、マンションの一室を指さし、

「おのれ、小娘が」

と絶叫しつつ倒れ伏していった。

誰が鼓舞《こぶ》したのでもない。残る全員が叫んだのだ。

「かかれえ」

彼らは波のように仲間を踏みつけ、マンション内に押し寄せると、階段を昇りはじめた。

見えない〝落とし〟の技が構成する結界《けっかい》に触《ふ》れて、ばたばた倒れていく光景は、悲愴《ひそう》を通り越して滑稽《こっけい》ですらあった。マンション内は見る間に、失神者で埋まった。

さらに押し寄せ、さらに失神する――果てしなく思えた戦いが終わったのは、陽《ひ》が落ちてからであった。

居間で息も絶え絶えに横たわる宝珠の前に、羽織《はおり》袴《はかま》の男がよろよろと現われたのである。邦田であった。

「四九九九人――よくぞ落とした」

彼自身、必死に持ちこたえた証拠に、頬はこけ、肌は紙の色となり、顔面にこびりついているのは死相だ。

「だが、ひとり残った。わしが今、おまえに引導《いんどう》を渡してやろう」

彼は眼を閉じた。同時に宝珠が叫んだ。

「やめて！」

「もう遅い」

と邦田は言った。宝珠は顔をそむけた。死を刻んだ邦田の顔が、はッとするほど美しく見えたからである。

「秋せつらが憑いたぞ。おお、そうか、この糸がすべてを断つ武器か。では、これで二つになるがいい」

邦田はチタンの刃をふるった。

それが宝珠の何処かに届く前に、邦田の首は勢いよく鮮血の帯を引きつつ宙に舞った。

宝珠は眼を閉じ、俯《うつむ》いたきり動かなかった。窓の外には星がきらめいている。

邦田を斃した手練《しゅれん》は、せつらの妖糸《ようし》の一閃《いっせん》であった。だが、彼は邦田に憑いていたはずだ。

宝珠が顔を上げた。いつもの宝珠だ。いや——違う。

「私と会ってしまったな」

ああ、この声は。

〈新宿〉よ、思い出せ。せつらは二人いたのだった。


邦田の死と同時に憑かれた人々が散った翌日、秋せつらは蒸し暑い風に逆らいながら、〈コマ劇場〉の前を通りかかった。

黄金のテントが張られ、その中から低い祈禱の声が聞こえて来た。〝落とし屋〟はなおも活動中なのだ。

一〇年以上前、〈歌舞伎町〉の雑踏《ざっとう》で、はじめて彼を見たひとりの娘が、一生恋い焦《こ》がれる運命を負ったことを彼は知らない。

その娘が祖母の後を継いでこの街で生きるべく立ち戻ったとき、長いこと彼の店の前にタクシーを停めていたことを彼は知らない。

そして、せつらの糸が、はじめて会ったときから自身に巻きついていたことを、宝珠は知らない。それを辿《たど》って、世にも美しい若者が彼女の危機を救いに現われたことも。

足を止めることもなく、せつらはテントの前を〈新宿駅〉の方へ向かって歩き出した。

ガイダンス

1

〈新宿〉は観光都市でもある。

安全な場所から異世界を見ようと、人々は世界中から押し寄せる。

カメラやビデオをぶら下げ、ガイドブックを手にしたお上《のぼ》りさんたちは、好奇と期待のオーラを放《はな》ちながら、〈ゲート〉の彼方《かなた》から訪れ、やがて去って行く。

年間一〇〇〇万人に達する彼らの中に、わずかながら例外が含まれる。

〈区外〉に背を向けた〝帰らざる人々〟。

魔性《ましょう》の巣食《すく》う街でしか生きられない男と女、老人と若者。そして――

子供たち。

親たちは捜《さが》し出そうと〈警察〉にすがり、探偵を雇《やと》い、人捜し屋に依頼する。


見つけ出しさえすれば、親たちは飛んで来る。多くの失踪者はこうして来た道を戻って行く。〈区外〉へ――平凡で穏《おだ》やかな日常へと。

例外はここにもある。

戻るのは嫌だ。

訴える者たちの声は、受け止める場所を持つ。

〈新宿区失踪者ガイダンス・センター〉

どうしても、〈ゲート〉を逆に辿《たど》りたくない人々を、〈新宿〉に馴染《なじ》ませるための施設である。

〈新宿〉に救いの地を求めても、この地は人を選ぶ。そのために必要な術《すべ》を身につけるには、プロの指導を必要とする。

幼児から老人までを一週間で〈魔界都市〉の住民なみに仕上げるべく、プロたちは説得術をはじめとするガイド能力に長《た》け、居場所のない人々を新たな環境に順応させていく〝導《みちび》く者〟たちであった。

その女が七、八歳の男の子に声をかけたのは、八月のはじめ——熱射病が次々に人を倒す猛暑の一日であった。

大人ですら耐えきれぬ熱波を、男の子は〈大久保《おおくぼ》駅〉の構内に立って避けていたが、

「ひとりで何してるの？」

と女に声をかけられた途端に、茫《ぼう》とした表情で横倒しになった。

気がつくと、清潔なベッドの上だった。パジャマを着ている。

すぐにドアが開いて、現われた女が、

「ごめんね。勝手にリュック開けちゃった」

と詫《わ》びた。パジャマは少年のものであった。

「私は真藤真奈美《しんどうまなみ》。〈新宿〉の〈失踪者ガイダンス・センター〉のガイドさん。ここは〈センター〉の分局よ。早い話が別の建物」

大人の女の雰囲気が、男の子を安堵《あんど》させた。しかも、ふっくらとした笑顔であった。これこそガイドの最大の武器だ。


「お名前は？」

「…………」

「大丈夫よ。しばらくは誰にも言わないから」

「…………東天照次《とうてんしょうじ》」

「幾《いく》つ？」

「七歳」

男の子——照次の声から怯《おび》えが消えていった。

彼の話はこうである。

父と母に虐《いじ》められて、今朝、中野《なかの》にある家を出た。父照朝《てるとも》は区役所に勤め、母里子《さとこ》は専業主婦である。弟がひとり。

中野の小学校に通っていたが、日頃から両親に虐待《ぎゃくたい》され、昨日の晩、夕食の席でフォークを投げつけられたのを契機《きっかけ》に家を出た。当てはなかったが、自分のような状態の子供たちが〈新宿〉に多いと、以前、テレビで見た記憶が行先を決めさせた。

照次の右手には血の滲《にじ》む包帯が巻かれていた。

「どうしたの？」

「フォークが刺さったの」

真奈美は眼を閉じて溜息《ためいき》をついた。

救急箱を持って来て手当てをし、

「君も、帰りたくないよね」

と言った。


三日後に訪問者があった。

モニター画面を見て、真奈美は呆然《ぼうぜん》と立ちすくんだ。

「どなた？」

と訊《き》いたのは、数秒後のことだ。

世にも美しい若者は、秋《あき》せつらと名乗った。

「人捜しをしています。こちらに東天照次くんがいますね？」

「はい」

嘘《うそ》はつけなかった。美しすぎる。嘘で汚してはならない。

「ご両親から捜索依頼が出ています。引き渡してください」

「それは――」

照次の右手の傷が頭の中に浮かんだ。他の傷も、入浴中に確認している。煙草《たばこ》の火の痕《あと》、拳《こぶし》や、棒のようなもので殴《なぐ》られた背中、氷の塊《かたまり》を押しつけられたらしい凍傷《とうしょう》の痕跡《こんせき》もあった。

「お断わりします」

「こちらの施設の目的は理解しています。ですが、まずご両親の意向が優先されます」

両親が現われ、親子の確認がなされた場合、子供は否応《いやおう》なしに引き渡されなくてはならない。センター側の異議は、その後で〈区〉に対して唱《とな》える他はない。

「存じております。でも――」

膝《ひざ》のあたりから怒りが込み上げて来た。この街は、この国で唯一《ゆいいつ》、物騒で奇怪で野蛮《やばん》な「自由の土地」ではなかったのか。いったん〈ゲート〉を渡れば、〈区〉の規定に反する〈区外〉の三権の行使は一切《いっさい》認められない。蠢《うごめ》く魔性《ましょう》たちに恐れをなして、隔離《かくり》を決定したのは、〈区外〉の政府自身なのだ。

海の彼方の女神が黄金の扉に掲《かか》げた灯火《とうか》を、〈ゲート〉を渡る人々は眼にしていたのかもしれない。そこで心ある人々は声を上げる。子供に対するこの仕打ちは何だ、と。我が家を捨てた子供たちに、灯火の明かりはなお届かない。

「お入りください」

ロックを解いた。

「連れて来ます。少しここでお待ちください」

照次は部屋にいなかった。

冷たいものが背を流れた。

ベランダへ走ったが、内側から施錠《せじょう》してあった。

バスルームにもいない。

トイレの鍵が開かなかった。

「照ちゃん、いる？」

「いない」

きつい声がした。

「お迎えが来たの。お父さんとお母さんが捜してるんだって。ね、一度、お家《うち》へ帰ろう」

「いない」

声はゆるんでいた。泣きべそをかいていると一発でわかった。

「僕はいないよ。照くんはいないよ」

「ね、お姉さんがついて行ってあげる。一日か二日の間よ。それが過ぎたら、お姉さん、迎えに行くわ」

長い間《ま》があいた。真奈美はそう思ったが、案外短かったかもしれない。

ドアが開いた。

二人が出て行った後、真奈美は居間の真ん中に坐《すわ》り込んで、いつまでも動かなかった。

四日後の午後遅く、チャイムが鳴った。

ソフトを被《かぶ》ったスーツ姿の男と、妻らしいこれもスーツ姿の女――その背後に世にも美しい顔があった。案内役だろう。

「いくら電話しても出ないので、直接お邪魔した。東天照次の親です」

と男が、押し殺したような声で名乗った。

居間へ通すとすぐ、父親が照次は死にました、と言った。

「え？」

「昨日、手首を切ったんです」

俯《うつむ》いているせいで、母親の声は、吐き捨てるように聞こえた。

「あの子に何をした？」

父親に替わった。

「何を？」

「あの子は素直な子だった。気の迷いで家を出たが、すぐに戻って来た。なのに、たった三日で死んでしまったんだ。ここにいる間、何を吹き込んだ？」

真奈美は、父親の言うことが少しも理解できなかった。いちばん気になった言葉を口にした。

「気の迷いでお宅を出たと仰《おつしや》いましたか？」

「そうとも。出て行く理由などないんだ。気の迷いとしか言いようがあるまい。それが――何を吹き込んだんだ？」

「何もしていません。生きる手伝いをしただけです」

父親の顔が歪《ゆが》んだ。母親が顔を上げて、きりきり歯を噛《か》みしめた。

「生きる手伝い？　あなたにそんなことしてもらわなくても、あの子は家にいればちゃんと生きていけたんです。あなた、家へ帰るように説得したんですか？」

一度もしなかった。七歳の子供の手にフォークを刺して、医者へも連れて行かない親の下《もと》へ帰れ――そう言えるのは、人間以外のものだ。

「いいえ」

二人は顔を見合わせた。母親が、

「あんたみたいな人——何考えてるかわからないわ。そんな人が、子供の世話なんかしていいの？　あたし、〈区役所〉へ行きます」

「申し訳ありませんでした」

真奈美は頭を下げた。こんな奴らと言い争いをしても、虚《むな》しさが募《つの》るばかりだった。

「そんなんで済ませるつもりか？　私たちの子供は死んだんだぞ。一体、何を吹き込んだんだ？」

「黙って済ませるつもり？　そうはいかないわよ。ちょっと、何とか言いなさいよ！」

そんな親のところへ、もう帰らなくてもいいって。

「ちょっと」

母親が身を乗り出した。

「あたしたちの話、聞いてるの？　何とか言いなさいよ」

ここまでだと思った。〈区役所〉へねじ込まれたら、手も足も出なくなる。それだけは避けねばならなかった。

「申し訳ありませんでした」

「そんな返事を聞いても仕様がない。どうやって、息子を自殺させたか訊いてるんだ」

父親がたたみかけて来た。すべてはこの女の責任だ。そう認めさせてくれる。

突然、事態が変わった。

二人は沈黙した。ひどく緊張しているように見えた。

「どうしたんですか？」

自分にも降りかからないよう、注意しながら訊いた。

返事もせず、二人は立ち上がった。操《あやつ》り人形みたいにぎくしゃくした動きだった。虚《うつ》ろな表情は、夢遊病の患者を思わせた。

はっとした。ここには三人の客がいたのだ。

彼は居間を出るところだった。両親がそれに続いた。

先に二人を出し、彼は三和土《たたき》で真奈美を見つめた。

「もう来ない」

ドアの外へ、軽く顎《あご》をしゃくった。

この人が言うならそうだろう。

「あの――助けてくださったんですね？」

「じゃあ」

「――どうしてですか？」

これだけは訊かなければ、安らかに眠れない。

「連れて帰る間、あの子はずっと帰りたくない、ここへ戻りたいと言っていた」

なんて美しい声。男でも女でもないこの人だけの声だ。

「家で何をされたか、ここにいる間が、どんなに楽しかったか、と」

真奈美が立ち尽くしているうちに、彼は消えた。

ドアは閉まっていた。


胸が熱い。焦《あせ》りの熱さだった。それなのに何処《どこ》かに開いた穴から流れだして行ってしまう。

真奈美はキッチンへ入り、取りに来た包丁《ほうちょう》と鍋《なべ》を持って外へ出た。

隣の部屋の寝室に、一〇歳の少女が眠っていた。家を求めて丸三日、緊張のあまり、飲まず食わず寝ず終《じま》いだったという。

それでも丸い頬《ほお》に指を触《ふ》れ、

「ここは〝自由の街〟よ。ここで生きなさい。生き方を教えてあげる」

優しく言うと、少女が笑ったように見えた。

翌日の早朝、〈区役所〉から電話があり、〈失踪者ガイダンス・センター〉まで来てくれと要求した。返事もせずに切ると、三〇分とたたぬうちに、二人連れがやって来た。どちらの顔にも見覚えがあった。

「電話をかけたのは新人でして」

失礼しましたと詫びてから、年配のほうが、

「実は、うちの分局が入っていたマンションの部屋から、あなたが出て来るのを見かけたという住人がおりまして」

と切り出した。

ひと月前に、センターの組織替えがあり、分局は廃止されたと彼は言った。

「ただし、ガスや電気等のインフラにはまだ手をつけておりません。普通に生活できます。ここ数日間、誰かが部屋を使用していたようなのです。ご存じありませんか？」

せつらはありのままを話した。隠しても意味がない。

男は怪訝《けげん》そうに、

「しかし、その女は何者でしょうか？　勿論《もちろん》、うちの者《もん》じゃありません。物好きで子供たちの面倒を見ているんでしょうか？」

「はて」

せつらにもわかりようがない。

それまで黙っていた若いほうが、年配のほうを見て、

「お願いしたらいかがでしょう？」

とささやいた。

「そうだ！　それなら私の一存で決められる。承諾は後で稟議書《りんぎしょ》を廻《まわ》せば取れるし――よろしい」

じっとせつらを見つめる――と、ぶっ倒れてしまうので、眼は伏せたまま、

「秋さんはその女の顔を知っていらっしゃる。ひとつ捜索をお願いします」

深々と頭を下げた。

手がかりは皆無《かいむ》だった。

マンションで別れてから、真奈美の消息は杳《よう》として不明だった。外谷《とや》でさえ、

「ちょっとわかんないわね、ぶう」

と答えた。

依頼されて四日目——他の依頼のために〈歌舞伎《かぶき》町《ちょう》〉を訪れたせつらの周囲を、かつての噴水広場の前で、四人の男たちが固めた。

「そのまま歩きな。拳銃《ハジキ》が狙《ねら》ってるぜ」

と右についた男が凄《すご》みを利《き》かせた。チラ見すると、確かに拳銃だ。消音器《マフラー》付きである。

「どなた?」

「へえ、驚いたぜ。落ち着いてやがる」

広場の前を真っすぐ歩いて細い通りへ出ると、車が一台やって来て停《と》まった。

せつらの両側に二人、助手席にひとりが乗って、四人目を残して車は走り出した。

停まったのは、〈新大久保〉のラブホテル街に近い一軒家であった。

「大蔵《おおくら》組」の看板が堂々とかかっている。

せつらは裏庭の倉庫に入れられた。

椅子《いす》にかけたところで、いかにも親分といった肥満漢が入って来た。子分は二人足して五人である。

サングラスの奥の眼がせつらを映して、

「こらあ……噂《うわさ》どおり……じゃねえ。万倍《まんばい》も凄いぜ」

足でも悪いのか、膝から崩れた身体《からだ》を支えた二人の子分もまた、床に膝をついた。連れて来た三人が、後方と右横のを除いて、前の一人は顔をそむけている。

「しっかり」

とせつらが声をかけたのは、勿論、嫌がらせだが、聞いた途端に、立ちかけてた親分は、また子分もろともへたり込んでしまった。

進退窮《きわ》まったか、

「おい、掛谷《かけや》——代わりにお話し申し上げろ」

と命じた。

「はい」

顔をそむけていた男が、息をひとつ吐いて、大きく一歩下がった。

「おまえさんのお蔭《かげ》で、こちとらの商売に不都合が生じてるんだがな」

といった。こちらもサングラスだが、顔はまだそっぽを向いているから、大分迫力に欠ける。

「はあ」

「とぼけるな。〈区外〉から来た餓鬼《がき》どもを〈区役所〉へ預けるのに加担してるそうじゃねえか」

真奈美のことだろう。確かにそう見えるかもしれない。

「誤解」

「ふざけるな。あの女の部屋へ、おまえさんが出入りしてるのを見かけた奴《やつ》がいるんだ。おい、あの女は何処にいる?」

「ノン」

掛谷は少しい憤然《ふんぜん》となった。

「いきなりフランス人になるんじゃねえ。あの女は、おれたちのとこから逃げ出した小娘を連れて姿をくらましやがった。何とかセンターのマンションへ行ったが裳抜《もぬ》けの殻《から》よ。金になる餓鬼なんだ。〈警察〉へ行った様子はねえから、あの女が匿《かくま》ってるんだろう。さ、何処にいる?」

「不明」

「何ィ?」

せつらは掛谷を見つめた。

「何処にいると思う?」

「な、舐《な》めるな!」

掛谷が右手の銃口を下げた。せつらの腿《もも》に射《う》ち込むつもりなのだ。

右手は急に親分の方を向いた。掛谷の形相《ぎょうそう》が死人のそれに化けたのは、一発射った後だ。

親分が横倒しになった。弾丸は、その腿を貫《つらぬ》いていた。

「な、何しやがる。掛谷、てめえ、おれを売ったな!?」

「違う。いきなり右手が。こいつの術です!」

親分は呆然とせつらを見つめ——痛みも忘れた。

「さっさと吐かせろ!」

「はい。てめえ――今度おかしな真似《まね》しやがったら」

銃口をせつらの眉間《みけん》に向けてから、しまったと思ったに違いない。

二度跳《は》ね上がった銃口は、二人の仲間の眉間を射ち抜いていた。

「掛谷!?」

わわわと悲鳴を上げながら、掛谷は自分の方を向いた銃口を見つめた。

消音器が悲しげな音をたて、彼は仰向《あおむ》けに倒れた。

瞬時に三つの生命《いのち》が惜しげもなく失われた倉庫の中で、親分と生き残りの二人は、血も凍る思いで、椅子にかけた若者を見つめた。

死の世界が突如《とつじょ》出現した。死者が作られた。そして、次は彼らであった。椅子の上の若者は、彼らが拉致《らち》したのではなかった。ここは彼の国で、彼らが招かれたのだ。


「死神か」

と親分が虚ろな声で言った。

「だが、なんて美しい死神だ」

「その娘の写真は?」

せつらは親分を見つめた。

親分は必死に顔をそむけようとしたが、駄目だった。せつらに魅入《みい》られた者に、意志など存在しないのだ。

「そんなものは……ねえよ」

「下に五人いる」

のんびりした声。親分は配下の数かと思った。

「男の子が二人、女の子が三人――誘拐だ。〈新宿〉では特に重罪」

執行猶予《ゆうよ》なしで五〇年は間違いない。〈新宿〉にとって、幼い者たちは貴重な財産なのだ。また、無事に親元へ帰せば〈新宿〉の陽の部分に注目が集まる。それを妨《さまた》げるものに待つのは劫罰《ごうばつ》だ。

何故この若者に地下室の商品のことがわかったの

かと驚く前に、親分は現実の運命を恐れた。

「わかった——写真でも何でも渡す。それを持って帰れ。化物《ばけもの》め！」

2

「大蔵組」を出てから、せつらは〈歌舞伎町〉へ向かった。

〈コマ劇場〉に向かって右側には、細い通りで区切られた区画が幾つも存在する。大概《たいがい》は飲食店やバー。そして、占い小屋だ。

せつらは最後の中の一軒に顔を出した。

軽量鉄骨とビニールで造られた店の前に立つと、職業に似つかわしくない声が洩《も》れて来た。

千切《ちぎ》れた女の喘《あえ》ぎだ。

ビニールの扉には、

「各種占い／陳玩頓《ちんげんとん》」

とペンキ書きされていた。せつらは少しの間、それを眺《なが》めた。あまりの下手《へた》くそぶりに感心したのである。

「お邪魔」

と声をかけた。

喘ぎが熄《や》んだ。筮竹《ぜいちく》をかきまぜる音がわざとらしく鳴った。

若い女の声と鼻にかかった中年男の声が入り乱れ、すぐにOLらしいスーツ姿の女が出て来た。合わせていない上衣《うわぎ》の前から、上気した乳房が、はっきりと見えた。

「何て素敵な声」

宙に眼を据《す》えてつぶやきながら、歩き去った。「お邪魔」のことだろう。

「あーあ、いいときに」

残念そうに見送ったのは、後から出て来た中肉《ちゅうにく》中背《ちゅうぜい》の占い師である。どじょう髭《ひげ》と手の筮竹がいかがわしさを引き立てている。

「誰かと思えば、何の用だ？」

「占い」

「ほお。あのでぶ女はどうした？」

口調からして、外谷とは敵対関係にありそうだ。

捜しもの、失《う》せものがカチ合うのだろう。

「急ぎ」

と、せつら。

「わかった。では占って進ぜる。当たるも八卦《はっけ》、当たらぬも八卦。まあ、入れ」

と小屋の中へ導いた。

白い布のかかった見台《けんだい》の向こうに坐り、向かいの折り畳み椅子をせつらにすすめて、筮竹をジャラジャラふり廻して、

「女だな？」

と自信たっぷりに言った。

「それもズボズボの熟女だ」

「歳《とし》は一〇〇歳」

「え？」

「名前は、道林《どうりん》ミト。XXXX年七月一四日生まれ
——何か？」

と言われても、陳玩頓は、妙な表情を渡された写真に向けていたが、

「その娘——来たな」

と言った。

「え」

「確か三、四日前だ。女と一緒だったが、あれは母親ではないな」

「占い？」

「他に用があるか？」

陳の表情ばかりか、身体つきまで固くこわばっていった。

「何を占った？」

と、せつら。

「未来だ」

「どう出た？」

首は横にふられた。その顔を見て、

「大凶」

とせつらは指摘した。

陳の表情はそれ以上固くならなかった。占い師も医者と同じ守秘義務があるのだ。

「――何処にいる？」

「住所は聞いていない。ただ――」

「はい」

「ここへ来たとき、娘の後ろにおかしな奴らがいた」

「こ《ヽ》こ《ヽ》らしくなってきた」

「年恰好《かっこう》からして、娘の祖父と祖母だろう。おれの見たところ、死んで五カ月」

「ふむふむ」

「娘に対して異常な妄執《もうしゅう》を抱《いだ》いている。長いこと憑《つ》かせておいたら危険だ」

「取り除いた？」

「いや。そっちは専門じゃない。ジギ師を紹介した」

〈歌舞伎町〉で名人と評判の除霊師である。


「感謝」

もう用はないわいとばかりに立ち上がるせつらへ、おいちょっと待てと呼びかけ、陳は、

「よくその顔でこの仕打ちができるな。只《ただ》ってことはねえだろう」

「謝礼は〈区〉から送る」

「そんなもんいらねえ。前から言ってるだろ。あんたの未来を占わせてくれ」

「勝手にしろ」

「ああ、一度やったよ。そしたら、その夜のうちに小屋から火が出て全焼よ。悪鬼羅刹《あっきらせつ》でも占ったとしか思えねえ。秋せつらよ」

「ははは」

音を三つつなげて、せつらは店を後にした。行先は決まっていた。

ジギ師は〈天神《てんじん》小学校〉近くの廃墟《はいきょ》に庵《いおり》を結んでいる。

明かりが点《つ》いている。クーラーの音もする。営業

中だ。

ガラス戸横のチャイムに手をのばすと、

「入れ」

と来た。

入ると、三和土の向こうに三〇畳もある除霊場が待っていた。

その真ん中に紫の作務衣《さむえ》を着た老人が横たわって、顔だけをこちらへ向けていた。怯えきった悲惨な顔立ちは、悪霊邪鬼《あくりようじやき》を相手に一歩も退《ひ》かぬ彼を知っている者を驚倒《きようとう》させるに違いない。

「やはり――おまえか……」

そう言って眼を閉じた老人の身体は、小刻《こきざ》みに震えていた。それから、すぐ空気に溶けてしまいそうな声で、

「……恐ろしい夢を見た。途方もなく巨大なものが、この町を破壊する……わしには手も足も出せん。そいつに捕らえられ、巨大な闇黒《あんこく》のような口へ放り込まれようとしたとき、眼が醒《さ》めた。そしたら、おまえが来た」

見ていなくても、せつらとわかるらしかった。

「人を捜してる」

とせつらは、状況など無視して話しかけた。

「陳玩頓の紹介で来た女性と女の子だ。二〇代はじめと一〇歳。女の子のほうには――」

「あれは祖父と祖母だ」

とジギ師は応じた。見えるのだ。

「厄介《やつかい》なものになって、孫娘を連れて行こうとしておる。娘はそれに怯えて〈新宿〉へ逃亡したのだ」

「はた迷惑な愛」

「全くじゃ。娘はさして二人を好きだったわけではない。子供なりに得になるお祖父《じい》さんとお祖母《ばあ》さんの扱い方は心得ていたのじゃ。それだけの話だが」

「あちらへ行っても、何もかも見透《みとお》す聖人君子《せいじんくんし》にはなれない、と」

珍しく長い感想を口にしてから、

「落とした」

問いではない。

老人はかぶりをふった。

「おや、珍しい。でも」

そんなに凄い憑きものか？　とせつらは訊いている。〈新宿〉一の除霊師に、いかに妄執の塊とはいえ、平凡な人間だった祖父母がはらえないわけがなかった。

「あれ？」

せつらの眼は、除霊場の奥に鎮座《ちんざ》した不動明王《ふどうみようおう》の像と、その足下に置かれたスーツケースに留《と》まった。

見えざる糸が音もなく滑《すべ》り寄って行った。

「ざっと一億円」

「当たらずといえども遠からずだ。孫娘が来る前にやって来て、あれを置いて行った。このところ不景気でな」

「〈邪霊ダービー〉で使い果たしてしまったと」

「そのとおり」


ジギ師は万歳《ばんざい》をした。

「〈新宿〉一の除霊師——現金という名前の魔は落とせず、だ。笑ってくれ」

「ここへ来た女の子に頼め」

せつらは切り捨てた。怒っていたのかもしれない。

「で、二人は何処に？」

「わからん。住所は特に書かせておらん。だが、除霊法は教えた」

「はいはい」

せつらの返事には、ほんの少し空《むな》しさが開《あ》いていた。個人主義の権化《ごんげ》のようなこの若者にも、信頼する相手はいたのかもしれない。

〈失踪者ガイダンス・センター〉の元分局——マンションの一室で、真奈美は焦っていた。

少女——道林ミトに憑いた祖父母の霊が落ちないのだ。

ジギ師から渡された除霊法に従い、御神酒《おみき》も粗塩《あらじお》も護符《ごふ》も揃《そろ》えて呪文《じゅもん》も唱えたのに、ミトはまだいると言う。

子供を苦しめるのは、大人の妄執だと真奈美は思わざるを得ない。

自分の思うとおりに育てよう。死ぬほど愛してやろう。死んでもそばに置いて見守ってやろう。

だが、子供たちは知っている。すべては自己陶酔《とうすい》に浸《ひた》りたい親たちの欲望にすぎぬことを。

高い服を買ってやった。あたしは稼ぎのある立派な親だ。海外旅行に連れて行ってやった。他の親たちは子供まで連れては行けないのに。お小遣《こづか》いはたんまり渡してある。おれはなんて甲斐性《かいしょう》のある立派な父親なのだろう。こら、言うことを聞かないと。

だが、子供たちは逃亡に移った。

あんたたちみたいな親と生きていく気なんかありゃしない。ああ、清々《せいせい》した。会社が倒産したからって、おれを殴《なぐ》ってもはじまらないよ、親父《おやじ》。僕のパソコンを売らないで。働いて返すから。

今も三人が私のところにいる。そして、お祖父ちゃんとお祖母ちゃんと会ったと言ってはひきつけを起こす。

離れてください。ここはあなた方の世界とは違うんです。生命に溢《あふ》れています。近づかないで。

だが、祖父母はやって来た。

ミトの話によれば、じっと、昔の優しい笑みを湛《たた》えてこちらを見ているだけだ。それだけで、ミトは日に日に痩《や》せ衰《おとろ》えていった。

――あちら側の生きものの好きにはさせない
真奈美は死闘を覚悟した。

ここは自由の街だ。ここで生きる権利は誰だろうと否定させない。たとえ、死んだ祖父母でも。

二日目にチャイムが鳴った。

訪れて来たのは、〈区役所〉の二人組だった。

「あなたは一体、どなたです？」

と年配のほうが訊いた。当然の質問だ。

「わかりません」

と真奈美は答えた。

「そうですか」

男は納得したようである。〈新宿〉では珍しいやり取りではないのだ。自分が誰かも知らぬまま生きていくのは、この街では難しいことではなかった。

「しかし、勝手に〈区〉の施設を利用し、しかも〈区〉の職員を名乗って子供を集めた以上、司法の手に委《ゆだ》ねなければなりません」

「それは――しばらく猶予を頂《いただ》けませんでしょうか？」

「駄目です」

若いほうが冷たく宣言して立ち上がった。

それきり動かなくなった。

彼らの前方――居間のドアの前に、ミトが立っていた。痩せこけた顔に血走った眼だけが異様な光を放っている。


二人の公務員を凍りつかせたのは、その背後に立つ老人と老婆であった。真夏にオーバー――老人は同じ色のソフトを被っている。

「あなた方は――」

年配の男にそれ以上は言わせず、

「祖父です」

「祖母です」

と頭を下げた。

「何の御用ですか？」

真奈美が訊いた。

「その子を――孫を引き取りに来ました。何処へ行き、何になっても、孫は可愛《かわい》くて堪《たま》りません」

「ここは、いるべきところへお帰りください」

年配の男が諭《さと》すように言った。

「孫と行きます」

「孫と行きます」

二つの声が重なった。

「わからん奴らだな」

若いほうが叫ぶや、上衣のポケットに入れていた右手を、老人たちにふった。小さな光がおびただしく空中にゆれた。

二人が白い米粒から身を避《よ》け、後退したところで、若いほうは少女――ミトの片手を摑《つか》んで、戸口の方へ引いて行こうと努めた。

少女は石のように動かなかった。

「――君？」

少女の顔は老婆のそれに化けた。

心臓のあたりを押さえて、若いほうは前のめりに倒れた。

年配のほうが駆け寄って脈を取り、瞳孔を調べて、

「死んだ」

真奈美が息を呑《の》んだ。

年配のほうは何かを心得ていた。

人さし指と中指をのばして、九字《くじ》を切り、二人を指さす。

「ミト――また来るよ」

「またね」

老人たちが消えると同時に、年配のほうも床に伏している。

真奈美が駆け寄って――死亡を確認した。

「また来る、と言ったわね」

今まで怯え、すくんでいるように見えた身体を、不可視の炎が包んだ。闘志であった。

「勝手にいらっしゃい。でも、この子は絶対に渡さないわ」

二人の死体を人目につかぬよう、マンションのごみ捨て場に運んでから、五分とたたぬうちに、別の訪問者があった。午後八時。

「大蔵組」の者だと名乗った大男は、片手のひと押しでロックを破壊し、三人の仲間と侵入して来た。

「何をするの!?」

「その餓鬼を引き取りに来たんだよ。最初はうちの

組で面倒を見てたんだ。いつの間にか逃げ出したのを、おめえが保護したってわけだ。礼を言うぜ」

男は帯封《おびふう》付きの札束を二つ、テーブルに置いた。

「これで口をつぐんどけや」

「その子はまだ〈新宿〉で生きる術を学んでいません」

真奈美は激しい口調で抗議した。

「んなこたあ、うちで教えてやるよ。黙って取っときな」

「いけません」

いきなり、闇黒が落ちた。

股間から突き上げてくる異様な刺激が、真奈美を失神から救い出した。

「あ……あ」

と声が出た。抑《おさ》えようがなかった。

大男の顔が、剝《む》き出しにされた股間に入っている。熱く濡《ぬ》れた舌は責めどころを心得ていた。

「やめて」


押し離そうとしたが、びくともしなかった。ドアの件でも明らかだが、大男はサイボーグ手術を受けていた。

仲間たちが淫猥《いんわい》な視線を向けていた。その中に、ミトがいた。

「連れて行って、その子を！」

仲間のひとりが笑った。

「性教育だよ。こういうのは早めがいいんだ」

「お願い――やめて！」

「ほーら、お嬢ちゃん、よおくご覧。このお姉ちゃんは、とっても楽しいことをしてるんだよお」

男たちが一斉に笑い、いきなりそれを消してドアの方を向いた。大男も何か感じたらしく、それに追随《ついずい》する。

祖父母が立っていた。

「何だ、てめえらは!?」

組員のひとりが凄みを利かせた。

「孫に傷をつけられては困ります」

と祖父が言った。

「お返しをしますよ」

と祖母が決めた。

「何ぬかしやがる、この婆《ばば》あ」

別のひとりが拳を握りしめて老婆の胸《むな》ぐらを摑んだ。

「よせ！」

大男が真奈美から離れた。

「そいつら幽的《ゆうてき》だ。逆《さか》らうんじゃねえ」

「け、けどよぉ」

「あんた方――この餓《が》――いや、お孫さんを捜しに来たのかい？」

「いいや」

「連れに来たのよ」

陰々《いんいん》たる声である。やくざどもが息を呑んだ。大男は愛想《あいそ》笑いに近い笑みをこしらえた。

「そうかい。わかった。用が済んだら、このお嬢さんはあんた方んところへ届ける。それまで待ってくれや」

老人たちは顔を見合わせた。

「いつ？」

「すぐだよ」

大男は誠実さを声に滲ませた。

「騙《だま》されちゃ、いけない！」

真奈美が絶叫した。落ちていたパンティを着けながら、

「そいつらはやくざよ。約束なんて守るはずがないわ」

祖父が大男を見つめた。

「ああ言ってるが？」

「あの娘は、うちの稼《かせ》ぎ頭《がしら》なんだ。も少し待ってくれ」

どす黒い怒りを大男は笑顔で隠した。

「どれくらい？」

「ひと月ぐらいだ」

我ながら大嘘を、と思った。連れて行きさえすり

ゃあこっちのものだ。一生使いつぶすまで離しゃしねえ。

「ひと月も」

老婆が溜息をついた。しみじみとそれを眺めて、老人が大きくうなずいた。

「やっぱり、いま連れて行くわ」

「野郎、下手《したて》に出てりゃあ」

大男が憤然《ふんぜん》と二人の喉《のど》に手をかけた。皺《しわ》だらけの細首などひと捻《ひね》りで頸骨《けいこつ》が折れてしまう。

だが、彼らを幽霊だと指摘したのは、大男なのだ。

老婆が大男の手を摑んだ。

そっと引き離す。大男の顔を衝撃波が貫いた。血管が青く浮き出た細腕は、男が死力を尽くしても、ビクともしないのだ！

「痛《つ》痛《っ》痛《つ》痛《っ》……」

サイボーグ化してから洩らしたことのない苦鳴《くめい》が唇を割った。

「邪魔しないでくださいな」

と老婆は、呪文を唱えるような低い声で言った。

「こ、この婆あ」

仲間たちがとびかかった。見た目に騙された。老婆の上体が廻ると、大男がつき合った。仲間たちは巨体に薙《な》ぎ倒された。

老人が近づき、ひとりの背後から、こめかみと顎に手をかけ、軽く廻した。頸骨は一発で折れた。二人三人と片づけ、四人目が大男だった。

それから二人でミトと真奈美と向き合った。

「何処へも行かせないよ」

「ミトはあたしたちと一緒にいるのが、いちばんいいんだよ」

少女は動かない。

「嬉《うれ》しくて動けないんだね。さあ、おいで」

老人が両手をのばした。

憂《うれ》いの多い世界から大事な孫を救い出す優しい自分——酔い痴《し》れた表情だ。

「来ないでください。この子は怯えてます。あなたたちと行きたくないいんです」

真奈美が叫んだ。

「そんなことはあり得ませんよ」

老婆が笑顔をつくった。絵画にある聖母を思わせた。

二人が手をさしのべた。

「さあ、おいで」

「お祖父ちゃんとお祖母ちゃんと一緒に行こう」

笑みを湛えて近づいて来る穏やかな祖父母が、どうしてこんなに恐ろしいのだ？

「来ないで！」

真奈美の叫びが合図だったかのように、いつの間にか切り取られていた窓から、小さな風呂敷《ふろしき》包みが二人の足下に落ちた。たちまちほどけて、白い米の山と木の板が現われた。板には呪文らしいものが焼きつけられていた。

老人たちは足を止め、ゆっくりと後じさった。

「邪魔が入ったね、お祖母さん」

「入りましたねぇ、お祖父さん」

「悲しがらないでな、ミト」

「またすぐに来るわ」

「来ては駄目！」

真奈美の声と一緒に二人は空気に溶けた。

窓が開いて、せつらが入って来た。

真奈美はミトを抱いたまま、その場に尻餅《しりもち》をついた。

「どうして、ここにいると？」

声は喉に貼りついた。

せつらは、死体の方をチラと見て、

「こいつらの親分から」

と言って、真奈美を呆気《あっけ》にとらせた。

3

大蔵組のボスに巻いた糸は、真奈美とミトに関する情報入手と、大男たちの動きを、鮮明にせつらに伝えたのであった。

四人の死体をまとめて持ち上げ、せつらは部屋を出た。

一〇秒とかけずに戻った。あまり早いので、

「あの――死体は？」

真奈美が訊くと、

「ばら撒《ま》いた」

せつらを飛翔《ひしょう》させる妖糸《ようし》は、死体も運んだのだ。妖糸を操る当人も知らぬ場所へ。通行人たちは、突然降って来た死体に驚き、観光客でない限り、すぐ平静さを取り戻すだろう。よくあることだ。真奈美も何となく納得した。

床の包みを見て、

「これは？」

「ジギ師の罪滅《つみほろ》ぼし」

二人を金で死霊《しりょう》に売った除霊師は、真奈美の使ったものとは比較にならぬほど強力な悪霊除《よ》けの品をせつらに託したのであった。

「しかし、退散させても封じる力はない」

「彼らはどこまでも追って来るわ」

これが現実だった。

「子供を憎む親。子供を愛しすぎる祖父母――どっちも同じ結果を招くって、どういうこと？」

真奈美は虚空《こくう》を仰いだ。

「移る？」

せつらが訊いた。

激しくかぶりをふった。

「いえ、もう逃げないわ。ここで戦います」

「どうやって？」

「私はこの街で生きるための術を、逃れの子供たちに教えてきたわ。それをやり抜きます」

「ジギ師を」

　せつらの言葉の意味は連れて来るではなく、脅《おど》そうかという意味である。真奈美もそれを察したらしく、

「駄目。これ以上他人を巻き込んで、死人を増やしたくありません。大丈夫、これからしばらく、私たちは奥の部屋にこもります。よかったら、見ていてください」

「はい」

　せつらが右手を上げた。本来なら護衛の義理はない。真奈美を強引に〈区役所〉へ連行すれば済むことだ。ミトはついでにすぎない。なぜ申し出を受けたのか、彼にも不明のままだろう。


　その晩は何も起こらなかった。

　次の日も、〈新宿ＴＶ〉は、天から落下した死体を特集して、視聴率を稼いだ。

　最終訪問があったのは、三日目の晩である。


　施錠したドアが開き、祖父母が入って来た。

「ミトや」

「ミトや」

　ぶつぶつと唱えながら、居間へ向かった。

　窓際のソファにミトと真奈美がかけ、ソファの隣にせつらが立っていた。

「今晩は」

「今晩は」

　丁寧《ていねい》に頭を下げた。祖父は帽子も取った。白髪を通して地肌が見えた。

「どーも」

　と挨拶《あいさつ》したのはせつらだけである。

「ミトを返してください」

　と祖父が穏やかに言った。

「よろしくお願いします」

　と祖母が笑顔を作った。

「お断わりします」

真奈美の返事には決意とそれを支える力がこもっていた。

「ミトちゃんは何処へも行きません。この街で生きていきます。私はそのお手伝いをするつもりです」

「おやまあ」

「それはそれは」

二人は困ったような顔になった。

「ミトちゃんは、どっちがいい？」

「知らないお姐ちゃんと怖い怖い街で生きていくのと、どっちがいい？」

答えには数秒の間が必要だった。

「こっち」

ミトは真奈美の腕にすがった。

「おお、おお」

「そんなそんな」

老人たちはベソをかいた。

年寄りを悲しませるな。

真奈美は騙されなかった。

「お帰りなさい、あなた方の世界へ。いいえ、この街はあなた方も受け入れます。何処へ行こうと、二度とミトちゃんのところへは来ないでください」

皺深い顔から笑みが消えた。

うわ、とせつらが小さく洩らしたほど、凄《すさ》まじい悪鬼の顔が並んだ。

「許さんぞ——女」

「私たちの孫を取り上げる前に、あなたを連れて行ってあげるわ。そうすれば、どんなにいいところかわかるでしょう」

すう、と滑り寄って来た。彼らには、真奈美の最後の手段など想像もできなかったろう。

「嫌よ」

ミトが叫んだのだ。

前進は止まった。

「絶対に嫌。ミトはこの街で生きるわ」

「お、おまえ」

「そんなことを——誰に？」

「私です」

真奈美は二人を睨《にら》みつけた。もう隠してはいなかった。

「私はこの子に、〈魔界都市〉で生きる術を教えました。〈区外〉の苦しみから逃れて来た子供たちに残された道はそれしかありません。お帰りなさい、あなた方のやって来たところへ。それとも、この街で、ミトちゃんを見守っていただけますか？」

「ミト」

「ミトちゃん」

「来ないで！　来ないで！　来ないで！」

少女の連呼は強烈な効果を上げた。祖父母はよろめき、互いの肩を抱いて、すすり泣きをはじめたのだ。

「あたしは、お祖父ちゃんもお祖母ちゃんも好きじゃなかった。大事にしてくれるから、あたしも甘えただけよ。一緒に別の世界なんかへ行きたくない。帰って！」

「ああ、ミトちゃん。わしらはおまえのためを思って」

「そうなら、消えて。二度と来ないで！」

老人たちの頬を光るものが伝わった。

その姿が、ぼんやりとかすみはじめた。

「さようなら、ミトちゃん」

「さようなら」

二つの声が、どこかに消えていった。

少し時が流れた。

美しい彫像のように立っていたせつらが、

「教育の成果」

と声をかけた。口もとには微笑が、かすかな微笑が浮かんでいた。

「あら」

真奈美が声を上げた。ミトはソファの上で安らかな寝息をたてていた。それを優しい眼で見ながら、

「夜が明けたら、〈区役所〉に連れて行きます。私の仕事は終わりました」

「それからどうする？」

「…………」

「また、逃れの子を捜す？　君は何者？」

「わかりません」

「いっそ、〈区役所〉へ就職したら？〈区長〉に推薦しておくけど」

　真奈美は声を出さずに笑った。

「それって素敵ですね」

　せつらはうなずいた。

「明日の朝」

　と告げて別れた。

　翌日、顔を出すと、二人はもういなかった。

〈区役所〉へ行ったのかどうか、せつらは確かめなかった。依頼した二人の職員は死んでいる。

「ここまでか」

　そして、次の仕事に取りかかった。

　後日、ミトは〈ガイダンス・センター〉で保護されていると知った。


　数日後、〈新大久保〉の駅前を通りかかったせつらは、改札口の前に立つ兄弟らしい二人連れに気がついた。どちらも七、八歳に見えた。

　途方に暮れているのはひと目でわかったが、声をかける者はいない。ここは〈魔界都市〉なのだ。

　人混みから見覚えのある女が抜け出し、二人に声をかけた。

　小さな眼に希望の光が湧いた。それを絶やさぬために、この女はいるのだった。

　短い会話を交《か》わして、女は二人の手を取って、バス停の方へ歩き出した。

　子供たちは笑顔を浮かべていた。

　真奈美とは誰なのか？

　子供好きの物好きか。〈新宿〉の生んだ魔性のひとりか。

　せつらにわかるのは、ひとつだけだった。

その晩、気がつくと、〈ガイダンス・センター〉元分局の前を歩いていた。

ふと見上げた。

明かりが点《とも》っている。あの部屋だった。女と子供たちの笑い声が聞こえたような気がしたが、気のせいだったかもしれない。

せつらが歩み去っても、明かりは消えなかった。これからもずっと。

海の彼方の女神像は、自由を求める人々に開かれた黄金の扉に灯火を点し続けている。

ここでも、また。

それだけは、せつらにもわかっていた。

あとがき

私にとって、作家生活というのは、公明正大な引きこもりであって、私のような性格には最適な職業なのである。

誰が何と言おうと、好きなことをして、生きていける。これほど幸せなことはない。もう少ししたら、田舎《いなか》に引っ込んで、渋茶《しぶちゃ》をすすりながら、散る桜を題に一句ものそうかなどと考えている。

しかし、かくの如《ごと》き生活は、浦島太郎効果《うらしまたろうエフェクト》という思いもかけぬ弊害《へいがい》も生む。

ついこの間、BS朝日を観《み》ていたら、我が家を訪れたこともある映画雑誌の元編集者TM氏が、大国アメリカの問題点を鋭く突く「TMのアメリカの〝いま〟を知るTV」などという番組のMC《エムシー》を務めており、仰天《ぎょうてん》した。確か二、三週間前に我が家で、「FLYING SERPENT」（空飛ぶ蛇《へび》）がどうだの、「CALTIKI, THE IMMORTAL MONSTER」（カルティキ・悪魔の人喰い生物）がこうだのしゃべり合ったばかりだと思っていたら、いきなりアメリカの今である。

しかも、相棒の女性が、こちらもどこかで見たことがあるなと思ったら、半月ばかり前に新宿の「ロフトプラスワン」で共演したはずの、かのスティーヴン・セガールの愛娘《まなむすめ》・AFさんではないか。しかも、身重《みおも》だ。確か、独身であったぞ。

仰天した私が、友人知己《ちき》に問い質《ただ》したら、二人とも数年前からアメリカ在住で、TM氏に至っては十数冊のアメリカ関係の著書があり、藤谷さんは二人目の赤ちゃんだという。

ウッソー。

そういえば、ついこの間、鍼《はり》を打ちに新宿へ出かけたとき、かの街の様子が、大分違っており、「風月堂《ふうげつどう》」は跡形《あとかた》もなく、「中村屋《なかむらや》」は地上二階から地下二階へ移動、私が東京へ出て以来営業していた鞄《かばん》店が「てぃふぁにー」とかいうビルに化けており、記憶違いかと首を捻《ひね》ったものである。

「三越《みつこし》」が衣類と電化製品の量販店になっていたのにも度肝《どぎも》を抜かれた。これでミズスマシや蛙《かえる》でもうろついていたら、内田百閒《うちだひやつけん》の『東京日記』ではないか。

そういえば、少し前にBSやらCSやらを入れて、ホラーやSFを見まくっていたら、次々に私の知らない作品が現われ、

「あれれ」

と言ったきり二の句が継《つ》げなかったこともある。

私が仕事をしているうちに、世界中ではこんなにも楽しい映画が作られていたのか。そういえば、『妖獣都市』の映画化権もハリウッドのプロデューサーに売ったような気もするし、『吸血鬼《バンパイア》ハンター〝D〟』の映画化も、主演俳優の名を耳にしたような。

しかし、〈魔界都市〉がないな。

実はこれ、まず無理なのである。

我が処女作『魔界都市〈新宿〉』がアニメに、『魔界医師メフィスト』がコミックになっている。どちらも良い出来だが、成功とは言い難《がた》い。絵は文句ないし、イメージもいいのだが、やはり——私の予感どおり——無理なのである。

みな、現実の「新宿」は知っている。そこで、私の黒白《こくびゃく》のヒーローを活躍させたら、虚実《きょじつ》取り混ぜて前代《ぜんだい》未聞《みもん》の作品が出来上がる——と思うのだろうが、そうは問屋さんが卸《おろ》さないのである。

脳内では自在にイメージできる「現実」の「都庁」や「伊勢丹《いせたん》」や「歌舞伎町《かぶきちょう》」等々を舞台にしたヒーロー群は、具体的な「絵」にした途端、「新宿」によく似た街を舞台にした普通のハイパー・アクションものに変貌《へんぼう》してしまう。

なら、実写ではどうか。実写の新宿を、せつらやメフィストが飛んだり跳《は》ねたりしてごらんなさい。それこそ悪夢かお笑いである。

〈魔界都市〝新宿〟〉は、読者の皆さんひとりひとりのこころの中に存在するイメージが、すべてかつ唯一無二《ゆいいつむに》の存在なのですよ。

しかし、私の頭の中で、黒白の魔人たちは、今日も〈歌舞伎町〉の雑踏《ざっとう》で様々な女性たちを蝕《むしば》む悪党や運命と戦い、〈旧区役所〉の一室で、不治の病の治療に励《はげ》んでいる。

『魔界都市ブルース　愁歌《しゅうか》の章』は、その最新の成果である。お楽しみください。

二〇一八年四月三〇日

「今宵《こよい》限りの恋」（'68）を観ながら。

菊地秀行

本書は書下ろしです。

ノン・ノベル百字書評

キリトリ線

なぜ本書をお買いになりましたか（新聞、雑誌名を記入するか、あるいは○をつけてください）

- □（　　　　　　　　）の広告を見て
- □（　　　　　　　　）の書評を見て
- □ 知人のすすめで
- □ タイトルに惹かれて
- □ カバーがよかったから
- □ 内容が面白そうだから
- □ 好きな作家だから
- □ 好きな分野の本だから

いつもどんな本を好んで読まれますか（あてはまるものに○をつけてください）

●**小説**　推理　伝奇　アクション　官能　冒険　ユーモア　時代・歴史　恋愛　ホラー　その他（具体的に　　　　　）

●**小説以外**　エッセイ　手記　実用書　評伝　ビジネス書　歴史読物　ルポ　その他（具体的に　　　　　）

その他この本についてご意見がありましたらお書きください

最近、印象に残った本をお書きください			ノン・ノベルで読みたい作家をお書きください		
1カ月に何冊本を読みますか	冊	1カ月に本代をいくら使いますか	円	よく読む雑誌は何ですか	
住所					
氏名		職業		年齢	

あなたにお願い

この本をお読みになって、どんな感想をお持ちでしょうか。

この「百字書評」とアンケートを私までいただけたらありがたく存じます。個人名を識別できない形で処理したうえで、今後の企画の参考にさせていただくほか、作者に提供することがあります。

あなたの「百字書評」は新聞・雑誌などを通じて紹介させていただくことがあります。その場合はお礼として、特製図書カードを差しあげます。

前ページの原稿用紙（コピーしたものでも構いません）に書評をお書きのうえ、このページを切り取り、左記へお送りください。祥伝社ホームページからも書き込めます。

〒一〇一－八七〇一
東京都千代田区神田神保町三－三
祥伝社
NON NOVEL編集長　日浦晶仁
☎〇三（三二六五）二〇八〇
http://www.shodensha.co.jp/bookreview/

NON NOVEL

「ノン・ノベル」創刊にあたって

「ノン・ブック」が生まれてから二年一カ月、ここに姉妹シリーズ「ノン・ノベル」を世に問います。

「ノン・ブック」は既成の価値に〝否定《ノン》〟を発し、人間の明日をささえる新しい喜びを模索するノンフィクションのシリーズです。

「ノン・ノベル」もまた、小説《フィクション》を通して、新しい価値を探っていきたい。小説の〝おもしろさ〟とは、世の動きにつれてつねに変化し、新しく発見されてゆくものだと思います。

わが「ノン・ノベル」は、この新しい〝おもしろさ〟発見の営みに全力を傾けます。ぜひ、あなたのご感想、ご批判をお寄せください。

昭和四十八年一月十五日

NON・NOVEL編集部

NON・NOVEL ―1040

超《スーパー》伝奇小説

マン・サーチャー・シリーズ⑮ **魔界都市《まかいとし》ブルース　愁《しゅう》歌《か》の章《しょう》**

平成30年6月20日　初版第1刷発行

著　者　菊《きく》地《ち》秀《ひで》行《ゆき》

発行者　辻　浩明

発行所　祥《しょう》伝《でん》社《しゃ》

〒101-8701

東京都千代田区神田神保町 3-3

☎ 03(3265)2081(販売部)

☎ 03(3265)2080(編集部)

☎ 03(3265)3622(業務部)

印　刷　萩原印刷

製　本　ナショナル製本

ISBN978-4-396-21040-3　C0293　Printed in Japan

祥伝社のホームページ・http://www.shodensha.co.jp/

サイコダイバー・シリーズ①〜⑫ **魔獣狩り** 新装版　夢枕　獏

サイコダイバー・シリーズ⑬〜㉕ **新・魔獣狩り**〈全十三巻〉　夢枕　獏

長編超伝奇小説　新装版 **魔獣狩り外伝** 聖母隠陀羅・美空曼陀羅　夢枕　獏

長編超伝奇小説　新装版 **新・魔獣狩り序曲** 魍魎の女王　夢枕　獏

長編超伝奇小説 **魔海船**〈全三巻〉　菊地秀行

マン・サーチャー・シリーズ①〜⑮ **魔界都市ブルース**〈十五巻刊行中〉　菊地秀行

魔界都市ブルース **青春鬼**　菊地秀行

魔界都市ブルース **青春鬼　魔人同盟**　菊地秀行

魔界都市ブルース **青春鬼　魔人同盟　完結編**　菊地秀行

魔界都市ブルース **闇の恋歌**　菊地秀行

魔界都市ブルース **青春鬼　夏の羅刹**　菊地秀行

魔界都市ブルース **妖婚宮**　菊地秀行

魔界都市ブルース **〈魔法街〉戦譜**　菊地秀行

魔界都市ブルース **狂絵師サガン**　菊地秀行

魔界都市ブルース **美女祭綺譚**　菊地秀行

魔界都市ブルース **虚影神**　菊地秀行

魔界都市ブルース **屍皇帝《しこうてい》**　菊地秀行

魔界都市ブルース **〈魔界〉選挙戦**　菊地秀行

魔界都市ブルース **〈新宿〉怪造記**　菊地秀行

魔界都市ブルース **ゴルゴダ騎兵団**　菊地秀行

魔界都市ブルース **黒魔孔《こくまこう》**　菊地秀行

魔界都市ブルース **餓獣の牙**　菊地秀行

長編超伝奇小説 ドクター・メフィスト **夜怪公子《やかいこうし》**　菊地秀行

長編超伝奇小説 ドクター・メフィスト **若き魔道士**　菊地秀行

長編超伝奇小説 ドクター・メフィスト **瑠璃魔殿《るりまでん》**　菊地秀行

長編超伝奇小説 ドクター・メフィスト **妖獣師ミダイ**　菊地秀行

長編超伝奇小説 ドクター・メフィスト **不死鳥街**　菊地秀行

長編超伝奇小説 ドクター・メフィスト **消滅の鎧《アーマー》**　菊地秀行

魔界都市迷宮録 **ラビリンス・ドール**　菊地秀行

魔界都市プロムナール **夜香抄《やこうしょう》**　菊地秀行

魔界都市ノワール **媚獄王《びごくおう》**　菊地秀行

魔界都市ノワール **魔香録**　菊地秀行

NON NOVEL

魔界都市ノワール
兇月面 菊地秀行

魔界都市アラベスク
邪界戦線 菊地秀行

魔界都市ヴィジトゥール
幻工師ギリス 菊地秀行

退魔針《たいましん》 鬼獣戦線 菊地秀行

退魔針 紅虫魔殺行 菊地秀行

新バイオニック・ソルジャー・シリーズ
新・魔界行〈全三巻〉 菊地秀行

長編歴史スペクタクル
天竺《てんじく》熱風録 田中芳樹

長編新伝奇小説
夜光曲 薬師寺涼子の怪奇事件簿 田中芳樹

長編新伝奇小説
水妖日にご用心 薬師寺涼子の怪奇事件簿 田中芳樹

長編新伝奇小説
海から何かがやってくる 薬師寺涼子の怪奇事件簿 田中芳樹

長編小説
ダークゾーン 貴志祐介

連作小説
厭な小説 京極夏彦

長編超伝奇小説
龍の黙示録〈全九巻〉 篠田真由美

長編新伝奇小説
ソウルドロップの幽体研究 上遠野《かどの》浩平

長編新伝奇小説
メモリアノイズの流転現象 上遠野浩平

長編新伝奇小説
メイズプリズンの迷宮回帰 上遠野浩平

長編新伝奇小説
トポロシャドゥの喪失証明 上遠野浩平

長編新伝奇小説
クリプトマスクの擬死工作 上遠野浩平

長編新伝奇小説
アウトギャップの無限試算 上遠野浩平

長編新伝奇小説
コギトピノキオの遠隔思考 上遠野浩平

猫子爵冒険譚シリーズ
血文字GJ《ジー・ジェイ》〈二巻刊行中〉 赤城《あかぎ》 毅《つよし》

長編新伝奇小説
魔大陸の鷹 完全版 赤城 毅

魔大陸の鷹
熱沙奇巌城《ねっさきがんじょう》 赤城 毅

魔大陸の鷹
氷海の狼火 赤城 毅

魔大陸の鷹
燃える地平線 赤城 毅

長編冒険スリラー
オフィス・ファントム〈全三巻〉 赤城 毅

長編新伝奇小説
有翼騎士団 完全版 赤城 毅

長編本格推理
奇動捜査 ウルフォース 霞《かすみ》 流一《りゅういち》

長編冒険ファンタジー
少女大陸 太陽の刃《やいば》、海の夢 柴田よしき

推理アンソロジー
まほろ市の殺人 有栖川有栖他